죽음에서 돌아와,
모든 것을 구하고자
최강에 도달한다
HE CHALLENGES THE FIGHT FATEFULLY.
[저자] shiryu [일러스트] 테시마nari。

He lost all his important things.
As he respawn, he aims
for the invincibility to save
everything.

CONTENTS

HE CHALLENGES
THE FIGHT FATEFULLY.

죽음에서 돌아와, 모든 것을 구하고자 최강에 도달한다

HE CHALLENGES THE FIGHT FATEFULLY.

[저자] shiryu [일러스트] 테시마nari。

CHARACTERS

에릭 — 한 번 목숨을 잃고 다시 아기였던 과거로 회귀해 모두를 구하리라 결심한다.

티나 — 에릭의 소꿉친구. 유년기부터 함께 지냈다. 에릭을 동생처럼 생각한다.

디안 — 에릭의 아버지. 마을 최고의 사냥꾼.

셀레나 — 에릭의 어머니. 화내면 무섭다.

펠릭스 글라디오 — 하루지온 왕국의 마족. 싸움을 무엇보다도 좋아하는 위험한 남자.

이레네 하루지온 — 전생에서 에릭의 연인이었다. 마족의 나라, 하루지온 왕국의 왕녀.

프 롤 로 그 PROLOGUE

“아, 으아아아! ……아아아아아아!”

그 남자는…… 불타 버린 황야에서 절망해 울부짖었다.

사방이 피바다였다.

수백, 수천 명의 사람이었던 것이 황야를 붉게 적셨다.

그 피바다 한가운데에서 남자는 무릎 꿇고 한 여자의 주검을 끌어안고 있었다.

“이레네……! 미안해……. 지켜주지, 못했어…….”

남자가 전장에 도착해 수십 명, 수백 명을 죽이고 마침내 여성을 찾았을 때, 그녀는 이미 숨을 거둔 뒤였다.

“지키겠다고 맹세했는데……! 이번에는, 잃지 않겠다고…….”

아름다운 여성이었다.

허리까지 오는 검은 머리칼이 붉은 흙바닥 위에 융단처럼 깔렸다.

검은 머리와 상반되는 백옥 같은 피부는 그 위로 번진 붉은 피를 유난히 돋보이게 했다.

감긴 눈은 이제 두 번 다시 뜨일 리 없었다.

“이레네……! 이레네……!”

아직 온기가 남은 그녀를 가슴에 품고, 남자는 울면서 그 이름을 되뇌었다.

—용서해줘. 미안해.

그렇게 사과하듯, 애원하듯 이름을 불렀다.

몇 분, 몇십 분…… 몇 시간을 그러고 있었을까?

눈물은 이미 말라서 흐르지 않았다. 남자는 그저 망연자실하게 그녀의 얼굴을 들여다봤다.

—전부, 잃었다.

남자의 마음은 그 말, 생각에 사로잡혔다.

어릴 적에는 마을이 파괴되어 부모님과 친누나처럼 따르던 사람을 잃었다.

절망 속에서 허우적대던 그를 지탱해준 친구도 있었다.

하지만 그 친구도…… 그의 잘못된 판단으로 죽고 말았다.

그때 다른 선택을 했더라면 그 친구는 살았을 텐데.

그렇게 살아남은 그에게 단 하나 남은 것이 그녀, 이레네였다.

부모님, 누나, 친구를 잃은 그에게 그녀는 줄곧 버팀목이 되어 줬다.

그는 그녀를 사랑했고, 그녀도 그를 사랑했다.

하지만, 지금 그녀는 죽었다.

그의 눈앞에서…….

—이제 그만해도 되겠지…….

—전부 잃어버린 내게…… 이제 더는 세상을 살아갈 의미가 없어.

남자는 가지고 있던 단검을 거꾸로 쥐었다.

—미안, 이레네……. 함께 살자고 맹세했는데…….
—지금 갈게……. 잠깐만 기다려줘…….

그리고 남자는…… 자신의 목을 찔렀다.

남자는 몸에서 빠르게 피가 빠져나가는 감각을 느끼며 뒤로 쓰러졌다.
입안에 피 맛이 돌고 목에서 올라오는 액체를 사레든 것처럼 토했다.
이미 새빨갛던 땅이 더욱 선명한 색으로 물들었다.
남자가 올려다본 하늘은 청명했고 새하얀 구름이 떠다녔다.
이 새빨간 피바다와 대비되는 푸르고 맑은 하늘이 아름다웠다.

—이레네…… 너와 만났던 날도 이렇게 하늘이 푸르렀지…….

남자는 임종의 순간 주마등을 보았다.
모든 안 좋은 기억, 행복한 기억이 머리를 스치고 순식간에 사라져 갔다.

옆을 보자 조금 전까지 안고 있던 사랑하는 사람이 있었다.

—네가 지켜봐 주는 곳에서 죽고 싶었지만, 이제는 됐어. 옆에 있는 것만으로도 만족해…….

그렇게 생각하는 사이 급격하게 고통과 감각이 멀어져 갔다.
의식도 점차 멀어지고, 마지막으로 모든 것이 무로 돌아가는 감각을 느낀 뒤…….

그 남자, 에릭은 숨을 거뒀다.

HE CHALLENGES THE FIGHT FATEFULLY.

He lost all his important things. As he respawn, he aims for the invincibility to save everything.

제 1 장 죽음에서 돌아와, 다시 시작하다

어둠 속에서, 의식이 떠올랐다.

왜…… 내가 살아 있지?

나…… 에릭은 멍한 머리로 현재 상황에 관해 생각했다.

나는 죽었다. 확실하다. 이레네 옆에서 단검으로 목을 찔러 죽었다.

그런데 왜 나는 지금 일어나려고 하는가?

눈을 뜨고 상황을 확인하려고 했지만, 어떻게 된 까닭인지 일어날 수 없었다.

주변을 돌아보고 싶어도 머리가 무거워 고개를 옆으로 돌리기 어려웠다.

가까스로 힘을 쥐어짜서 머리를 옆으로 눕히자 나무 울타리 같은 것이 보였다. 그리고 울타리 사이로 보이는 배경은 외부가 아니라 벽. 어느 집 안 같았다.

응? 울타리? 벽? 잠깐만, 상황을 전혀 모르겠다.

등에 닿는 감촉도 딱딱한 흙바닥은 아니었다. 잘은 모르겠지만, 부드러운 솜털 같았다.

그리고 옆에 있는 손. 아주 작은 손이 눈에 들어왔다. 감각으로 봐서는 아마 내 손 같은데…….

뭐? 이게 내 손이라고? 고사리손이잖아!

그 뒤, 열심히 다리를 들거나 조그마한 손으로 몸을 더듬어서 내가 아기나 다름없는 몸이 됐다는 사실을 깨달았다.

"아우, 응아아우."

말하고 싶어도 성대가 덜 발달했는지 옹알이밖에 나오지 않았다.

겨우 자신이 처한 상황, 내 몸에 일어난 이변을 깨닫고 나는 어떻게든 이 변화를 이해하려고 노력했다.

아마도 나는 윤회전생이란 것을 겪었나 보다.

윤회전생이란 죽은 자의 영혼이 세상에 다시 태어나는 현상이라고 어디선가 들었다.

하지만 나에게는 전생의 기억이 오롯이 남아 있었다. 원래는 기억이 사라지고 새로운 인생을 걸어야 하는 것이 아닌가?

왜 나는 전생의, 에릭의 인생을 모두 기억할까?

……안 돼. 생각해도 답이 안 나온다.

그리고, 나는 윤회전생이 일어난 내 운명을 저주했다.

왜 살린 거야? 나는 그냥 죽고 싶었는데…….

이미 이 세상에서 살아갈 의미도, 기력도 잃었다.

다시 태어날 거면 전생의 기억은 좀 지워줘…….

지금 내 손에 면도칼이라도 있었으면 주저 없이 목을 베었을지도 모른다.

그것 말고도 죽을 방법이 있다면 당장에라도 시험해보고 싶은 기분이었다.

하지만 이런 아이의 몸으로는 스스로 죽지도 못한다.

호흡을 억지로 참으면 죽을지도 모르지만…… 그래도 새 생명이었다.

이 아이를 낳은 부모, 특히 어머니는 생살을 찢는 고통을 감내하고 아기를, 나를 낳았을 것이다.

그렇다면 내 전생의 기억만으로 죽는 것도 너무 이기적이었다.

그러면, 나는 무슨 목적으로 세상을 살아가야 할까?

이 몸으로 아무리 많은 사람을 만나고 새로운 희망을 얻어도…… 이레네를 잃은 내게는 이미 부질없는 것들이었다.

이레네는 나의 전부였다.

살기는 싫고 죽자니 미안한 상황.

가능한 한 긍정적으로 살아 보자고 마음먹지만, 과연 나는 뭔가를 얻을 수 있을까?

그렇게 생각하는데 왠지 가랑이가 따뜻해졌다…….

아, 오줌 쌌구나.

아직 갓난아이라서 전혀 의식하지 못하는 사이에 실례하고 말았다.

……정말이다. 나도 모르게 나온 거라고. 의도해서 싸면 변태지. 나는 그런 사람이 아니다.

하지만 쌀 때는 따뜻하고 좋았지만, 지금은 좀 찝찝했다.

"우으…… 으에에엥."

일단 울어 보기로 했다.

이건 의도한 행동이라서 울음소리는 나도 눈물은 나오지 않았다.

아기는 우는 게 일이라고 하지. 나는 지금 내 본분을 다하고 있는 것이다.

내 울음소리를 들었는지 방밖에서 발소리가 들렸다.

그리고 방문이 열렸다.

새로 태어난 나의 부모님은 어떻게 생기셨을까? 어디 한번 볼까.

그렇게 생각하고 나를 들여다보는 사람을 살펴봤다.

—어? ……자, 잠깐만…….

"에릭, 왜 그러니? 쉬 했어? 금방 기저귀 갈아줄게~."

뒤로 묶은 긴 금발에 반듯한 이목구비, 스카이블루 색 눈동자. 느긋한 말투가 나를 안심시키는 익숙한 목소리.

나는…… 이 여성을 전생에서 본 적이 있다.

내 전생의 어머니, 셀레나다.

왜……? 잘못 볼 리 없다. 꿈에서도 그리던 어머니가 내 눈앞에 있다…….

하지만…… 어머니는 돌아가셨을 텐데…….

그러는 동안에도 어머니가 내 기저귀를 갈아줘서 하반신의 찝찝함은 사라졌다.

어머니…… 정말로 어머니예요……?

나는 지금 내 앞에 있는 여성이 정말로 어머니인지 알고 싶어서 그녀에게 아직 덜 자란 두 팔을 뻗었다.

“응~? 왜 그러니, 에릭? 안아줬으면 좋겠어?”

그 여성은 내 몸을 두 팔로 부드럽게 안아 풍만한 가슴으로 품어줬다.

그녀의 부드러운 몸에 내 몸이 폭 묻혔다.

모성의 상징과 같은 그 가슴에 안긴 나는 온몸으로 그녀의 체온과 체취를 느꼈다.

전생에서 어릴 때 느꼈던…… 그 따뜻함과 향기였다.

어머니다……. 돌아가신 어머니가 지금 나를 안아주고 계신다…….

나는 어릴 적 잃었던 그 따뜻함을 온몸으로 느끼고 다시는 놓치지 않으려는 양 어머니에게 매달렸다.

어머니의 가슴속에서 나는 울음을 터뜨렸다. 이번에는 정말로 눈물이 흘렀다.

“어머나, 에릭. 정말로 무슨 일 있니?”

어머니는 이상하게 생각하면서도 몸을 흔들며 나를 얼러주었다.

하지만 여느 아기와는 다른 이유로 우는 나는 한동안 어머니 품에서 울음을 그치지 못했다.

내가 이 육체로 환생? 하고 나서 한 달이 지났다.

전생한 날은 나잇값도 못 하고 울어 버렸다. 비록 지금은 아기일지라도, 바로 얼마 전까지 스무 살도 넘은 성인이었는데.

그 나이에 엉엉 울었다고 생각하자 뒤늦게 창피함이 밀려왔다.

하지만 갑자기 눈앞에 사별한 어머니가 나타나면 누구든 울지 않겠는가. 적어도 나는 그만큼 놀라서 울었다.

그날부터 순조롭게 성장하는 이 육체는 정말로 내 몸이 맞는 것 같았다.

전생의 내가 유아기 시절로 되돌아온 것이다.

……당최 영문을 모르겠다.

환생이란 건…… 뭐, 이해할 수 있다. 그게 세상의 이치라면 그런 거겠지.

하지만 왜 나에게는 기억도 있고 자아도 있을까?

그리고 가장 불가사의한 부분은…… 왜 나는 『나』로 환생했냐는 것이었다.

그래도 한 달이 지난 지금, 이거 하나는 확실해졌다. 이 육신, 이 아기는 나다. 전생의 에릭과 완벽하게 일치하는 동일 인물이다.

지금 내가 있는 이 방도 곰곰이 관찰해 보면 어릴 적 내 방이었다.

이것을 환생이라고 불러도 될까? 그냥 시간을 거슬러 오른 것이 아닌가?

아니, 이 몸이 나라는 사실은 알았지만, 정말로 지금이 과거가 맞나?

한 달 동안 수도 없이 고민해 봤지만, 결국 답은 나오지 않았다.

그런 생각을 하는데 방문이 열렸다.

들어온 사람은 나의 어머니, 셀레나였다.

"에릭, 우유 먹을 시간이야~."

어머니는 젖병을 가지고 와서 내 입으로 가져왔다.

나는 작은 입을 최대한 크게 벌리고 고무 꼭지를 물어 힘껏 빨았다.

"맛있어? 소젖을 줘서 미안해. 엄마가 젖이 나오면 좋았을 텐데……."

어머니는 모유가 나오지 않았다. 그래서 도시에서 사 온 젖병으로 나에게 우유를 먹였다.

턱이 피곤하지만, 이래 봬도 한때는 성인이었기에 불평 없이 쭉쭉 마셨다.

"전부 다 마셨구나? 우리 에릭, 참 잘했어요~."

입을 떼지 않고 마시느라 몸에 쌓인 공기를 트림으로 배출했다.

어머니는 모유를 먹이고 싶어 하셨지만, 나로서는 오히려 다행이었다.

다 큰 어른의 정신으로 어머니 젖을 물기란 이만저만 부담스럽지 않았다.

천천히 시간이 흘러가고 내가 젖병을 다 비우자, 어머니는 내 입가를 닦고 침대를 청소한 뒤 나갔다.

배도 부르고 어머니도 나가셨으니 이제 차분하게 생각해 보자.

최근 한 달은 내 상황을 이해하고 정리하느라 다른 생각을 할 여력이 없었지만, 이제는 미래를 생각해야 할 때였다.

아마도 나는 과거로 돌아왔다. 이유는 전혀 짐작되지 않지만, 어머니와 이 집이 증거라고 해도 좋다.

그 말인즉슨, 나는 인생을 다시 시작할 수 있다는 걸까?

나는 아무것도 지켜 내지 못했다.

마을이 파괴되고 부모님과 이웃집 누나가 죽은 것도, 친구가 죽은 것도, 이레네가 죽은 것도 전부 내 힘이 부족해서였다.

내가 더 강했더라면…….

대체 몇십 번, 몇백 번 그렇게 생각했던가.

그리고 지금, 나는 아기로 돌아와서 다시 시작할 기회를 얻었다.

그렇다면 나는 모두 구할 수 있지 않을까?

수도 없이 한 후회를 만회할 수 있지 않을까?

이 환생…… 아니, 회귀한 운명을 윤회전생이라고 생각해 저주했지만…… 이제는 이 운명에 감사한다.

—모두 구하고 말겠다, 반드시.

구하지 못하면 그 순간 배드 엔딩, 끝이다.

마을, 부모님, 누나, 친구, 그리고 사랑하는 사람.

그중 하나라도 잃는다면 과거로 돌아온 의미가 없다.

전생의 내 삶은 상실과 후회의 반복이었다.

모든 것을 걸고 지키겠다고 맹세한 사람마저 죽고, 나는 절망 끝에 자살했다.

돌아와서 다시 시작할 수 있다면…… 무엇 하나 잃지 않으리. 과거의 후회를 모두 다시 잡으리.

—탐욕스럽게 살며 운명을 바꾸고 말겠다.

그렇게 생각한 직후, 배도 부르고 너무 생각에 빠졌던 반동인지 강한 졸음이 몰려왔다.

더 생각할 일, 해야 할 일이 있지만, 지금은 졸음에 저항하지 못하고 의식이 멀어져 갔다.

그리고 이튿날.

나는 모두를 구하기 위해 행동에 들어갔다.

목도 못 가누는 몸이지만, 할 수 있는 일은 있었다.

그것은 바로, 마법 연습이었다.

육체를 단련할 수는 없어도, 마법이라면 움직이지 않고도 연습할 수 있었다.

그러나 실제로 불이나 물을 만들 수는 없는 노릇이었다. 뭐, 하고 싶다고 바로 되는 것도 아니지만, 적어도 전생에서는 가능했다. 지금도 조금만 연습하면 금방 가능하리라. 그래도 그건 걸음마를 떼고 밖으로 나간 뒤로 미루자.

지금은 체내 마력을 구성하는 근본 요소, 마소(魔素)를 조종해 한계량을 늘려야만 했다.

마법 발동에는 마소의 양과 질이 중요하게 관여한다.

마소량은 마법의 규모와 쓸 수 있는 수를 결정짓는다. 늘리지 않으면 금방 마법을 쓸 수 없게 되고 싸움에서 불리해진다.

그리고 적은 마소로 큰 마법을 쓰려면 마소의 질을 높여야 한다. 마소량을 늘려도 질을 높이지 않으면 효율이 떨어진다.

마소의 양, 그리고 질을 높인다. 이 두 가지 훈련은 몸을 움직이지 않아도 가능하다.

체내 마소를 조종하기만 하면 되니까.

사실 공기 중에 떠도는 마소를 몸으로 받아들여 연습하는 편이 좋지만, 지금은 쓸 수 없는 방법이니까 많은 것을 바랄 수는 없었다.

게다가 이 마소량은 약 열여덟 살까지는 빠르게 성장하지만, 그 후로는 거의 성장하지 않는다고 한다.

전생의 나는 열여섯 살부터 연습을 시작해서, 한계량을 늘린 기간은 고작 2년에 불과했다.

게다가 처음에는 마소를 다루기 어려워서 한계량을 늘리고 자시고 할 여유도 없었다.

하지만 이제는 요령을 파악한 상태로 갓난아이일 때부터 연습할 수 있다.

요컨대 나는 18년간 마소를 늘릴 기회를 얻은 셈이었다.

앞으로 싸움 속에서 살아가게 될 나에게 이것은 크나큰 이점이었다.

그런 고로, 지금부터 시작해 보자.

몸속 마소를 조종해 손으로 모으거나 더 세세하게 손가락 끝으로 모으기도 했다.

3분 정도 연습하자 급격하게 피곤해졌다.

마소가 몸속에서 사라지면 극도의 피로가 몰려오고 끝내 기절한다.

아슬아슬한 수준까지 마소를 쓰고 손가락 하나 까딱하지 못할 때 즈음 의식은 멀어져 갔다.

천천히 눈을 떴다.

그로부터 한 시간은 지났을까? 시계가 안 보여서 정확히는 알 수 없지만 체내 시계가 그렇게 말해줬다.

『마소 고갈』로 인한 기절은 이번이 처음이라서 한 시간 정도로 그쳤지만, 마소량이 늘어날수록 기절하는 시간도 길어질 것이다.

기절한 동안 마소를 체내로 흡수해 최대치의 약 80퍼센트를 넘기면 깨어나는 구조이기 때문이다.

하지만 마소의 질을 높이면 공기 중의 마소를 흡수하는 속도가 오르므로 기절 시간은 단축된다.

이러한 점만 봐도 마소의 양과 질은 양쪽 모두 중요하다는 사실을 알 수 있다.

좋아, 이대로만 하자.

나는 그렇게 생각하고 방금 했던 것처럼 마소 조작을 재개했다.

내가 이 몸으로 깨어나고 다섯 달이 흘렀다.

겨우 목을 가누고 기어 다니게 됐다.

20년 넘게 살아왔던 나에게 다섯 달이나 침대에서 움직이지 못하는 생활은 무척 괴로웠다.

나는 침대에서 빠져나와 방 안에서나마 기는 연습을 했다.

기어 다니기는 팔다리 근육이 필요한 행위라서 계속 연습하면 근육이 아파서 괴로웠다.

그래도 어린 육체는 하루만 지나도 근육통이 말끔히 가셔서 아무리 연습해도 괴로움은 하루뿐이었다.

그리고 기어 다니는 내 앞에는 손뼉을 치며 칭찬하고 응원하는 인물이 있었다.

"에릭! 그래! 바로 그거다! 넌 할 수 있어! 더 힘을 내!"

……시끄럽다, 짜증 난다, 귀찮다.

이 삼박자를 고루 갖춘 남자가 전생의, 그리고 현재의 아버지인 디안이었다.

짧은 흑발과 까끌까끌한 수염이 멋있다…… 라고 본인은 생각하는 모양이지만, 정돈도 하지 않고 방치한 수염은 보는 사람에 따라 불결하게도 보일 것이다.

얼굴선이 굵고 『사나이』라는 말의 표본처럼 체형은 우락부락했다.

어릴 때는 그냥 아빠라고 불렀지만, 이 모습을 보면 차마 아빠라고는 못 하겠다. 말을 떼면 똑바로 아버지라고 부르자.

아버지는 이 강인한 몸으로 마을 밖 숲에서 마물이나 동물을 수

렵하는 사냥꾼이었다.

마을에는 사냥꾼이 몇 명 있었지만, 그중에서도 아버지가 가장 강해서 마을 사람들도 의지했다.

제법 강한 마물을 해치운 적도 있다고 하며 어릴 때 나에게 여러 번 자랑했었다.

그러나, 그렇게 강한 아버지도 전생에서 마을이 파괴될 때 가장 앞에 나서서 싸우다가 돌아가셨다.

그래서 나는 다시 태어난 뒤 아버지가 홀로 방을 찾아와 내 얼굴을 들여다봤을 때, 또 감격해 울어 버릴 뻔했지만…….

『나의 아들, 에릭아! 너는 나를 뛰어넘어라! 마을의 약골들처럼 되면 안 된다!』

아직 갓난아이인 나에게 이상한 소리를 떠드는 통에 눈물이 쏙 들어가 버렸다.

보통 아기였으면 오히려 그 큰소리에 놀라서 울었을 거다.

"너도 나 같은 『사나이』가 되어라! 그리고 나와 함께 사냥꾼으로 살아가자!"

아버지는 그렇게 말했지만, 나는 사냥꾼이 될 마음이 눈곱만큼도 없었다.

나는 마을이 파괴되는 원인을 없애고 이곳을 떠날 생각이었다.

물론 전생에서도 나는 아버지의 뒤를 이을 생각이 없었다.

왜냐면…… 사냥꾼이 멋있다는 말이 공감되지 않았고 귀찮아 보였으니까.

그리고 아버지가 사냥하는 모습을 몇 번 봤는데, 나에게 안 맞다고 생각한 것이 가장 큰 이유였다.

그래도 지금은 아버지의 응원에 힘입어 열심히 기어 다닐까?

보통 아기는 이렇게 오래 기어 다니지 못하니까 평범한 부모라면 의아하게 여기겠지만…… 안타깝게도, 아니, 다행히도? 우리 아버지는 평범하지 않아서 괜찮다.

그렇게 아버지가 지켜보는 앞에서 기어 다니던 중, 문이 벌컥 열렸다.

아버지와 함께 돌아보자 어머니가 서 있었다.

“당신 정말! 또 에릭한테 무리하게 운동시켰지!”

“세, 셀레나…… 아, 아니야! 내가 왔을 땐 이미 에릭이 혼자서…….”

“그러면 말렸어야지!”

어머니는 평범한 사람이라서 내가 오래 기어 다니면 침대로 돌려놓고 쉬도록 자장가를 불러줬다.

나를 생각하는 마음은 기뻤지만, 하루라도 빨리 일어서고픈 나로서는 조금 답답한 배려였다.

그리고 마을 사람들의 믿음과 존경을 받는 아버지도 어머니에게는 못 이기는지, 완전히 기가 죽어 커다란 등판을 움츠린 채 혼나고 있었다.

“아 참. 당신이나 상대할 때가 아니지. 지금 중요한 손님이 와 계셔.”

“셀레나? 그건 말이 심하지 않아?”

아버지의 항변도 무시하고 어머니는 방을 나가 오른쪽으로 꺾었다. 거실이 있는 방향이었다.

잠시 기다리자 어머니가 방으로 한 남성을 데리고 왔다. 아마 방금 말한 손님일 것이다.

"실례했습니다, 디안 씨. 오늘 옆집으로 이사 와서 인사드리러 왔습니다."

"오오! 그렇습니까! 앞으로 이웃끼리 친하게 지냅시다!"

남자는 아버지에게 손을 내밀어 인사했다.

아버지도 그 손을 잡고 악수했지만, 그만 놓아드리는 게 좋지 않을까? 손님 오른손에서 이상한 소리가 나는데?

마침내 아버지가 손을 떼자 그 남자는 오른손을 숨기고 저린 손을 주물렀다.

"사, 사실 우리 외동딸도 와 있습니다. 티나, 숨지 말고 나오렴."

남자는 자기 뒤에 숨은 어린아이의 등을 떠밀어 인사하게 시켰다.

"……안녕하세요."

그 아이는 무섭게 생긴 아버지를 보고 겁먹었는지 목소리가 기어들어 갔지만, 인사는 똑바로 했다.

"안녕, 꼬마 아가씨!"

아버지가 그 아이의 머리를 쓰다듬으려고 손을 내밀었지만, 아이는 자기 아버지 뒤로 휙 숨어 버렸다.

"죄, 죄송합니다."

"당신이 그런 무서운 얼굴로 만지려고 하니까 애가 겁먹었잖아."

"웃으면서 말했는데……."

"당신 웃는 얼굴은 애들이 보면 괴물이야. 트라우마가 될 수준인걸."

"그렇게 내 얼굴이 끔찍해?!"

충격에 얼어붙은 아버지를 놔두고 어머니는 몸을 앞으로 숙여 소녀와 눈높이를 맞췄다.

"안녕, 티나? 아줌마랑 친하게 지내줄래?"

"……응."

"고마워."

어머니는 소녀에게 다정하게 말을 걸고 머리를 쓰다듬었다. 소녀도 기분 좋게 손길을 받아들였다.

그나저나 어머니는 외모도 나이도 아줌마 같지는 않지. 아버지는…… 노인네 같지만.

"티나, 아줌마한테도 아들이 있어. 사이좋게 지내줄래?"

"응……."

"잘됐네. 당신은 좀 비켜 봐. 우리 에릭 소개해주게."

"어, 그래……."

굳어 있던 아버지는 아직 쇼크에서 벗어나지 못한 기색으로 내 눈앞에서 비켜섰다. 그제야 내게도 소녀가 보였다.

"에릭이라고 해."

"에릭…… 에릭……."

"맞아. 잘 외우는구나?"

"맞아요! 티나는 아직 두 살인데 어쩌나 애가 총명한지!"

어머니의 칭찬에 소녀의 아버지가 과민하게 반응했다. 딸바보인지 자식 자랑에 여념이 없었다. 어머니는 웃으며 맞장구쳤다.

그런 부모들을 무시하고 소녀, 티나는 나에게 다가왔다.

붉은 눈동자에 붉은빛 도는 갈색 머리카락. 어려도 반듯한 얼굴은 두 살배기지만 커서 미인이 되겠다는 확신을 줬다.

쌍꺼풀진 동그랗고 커다란 눈이 나를 바라봤다.

이 소녀가 내 이웃집 누나…… 전생에서 구하지 못한, 나에게는 친누나와 같은 사람이었다.

티나는 바닥에 엉덩이를 붙이고 앉은 내 옆으로 와서 나란히 앉았다.

내 얼굴을 뚫어지게 응시하는 티나의 붉은 눈망울을 마주 보았다. 왠지 모르게 가슴이 뛰었다.

"……귀여워."

티나는 나지막하게 중얼거리고 나를 끌어안았다.

그, 그렇지? 나는 어머니를 닮았으니까.

스카이블루 눈동자도 얼굴도 어머니를 빼다 박았지! 아버지에게 물려받은 것은 검은 머리 말고 거의 없어! 아버지가 그것을 신경 쓴다는 사실을 알지만, 그건 그냥 넘어가자.

솔직히 말해서 아버지를 안 닮아서 정말 다행이다. 아버지도 못생긴 외모는 아니지만, 너무 남자답지……. 어머니는 그 점이 좋다고 말했지만.

혼자 그런 생각을 하는데 아까부터 티나의 안는 힘이 조금 강했다.

못 버틸 정도는 아니지만, 살짝 목이 졸리는데…….

지금까지 단련한 근육을 써서 간신히 그 포옹에서 빠져나오자 티나가 엄청나게 슬픈 표정을 지었다. 당장에라도 울 것 같았다.

무지막지한 죄책감이 몰려온 나는 이번에는 직접 티나에게 매달리듯 안겼다.

"앗, 후후후……."

티나는 기뻐하며 방금보다 더 강하게 나를 끌어안았다.

윽…… 그래도 이번에는 목이 안 졸려서 버틸 만해…….

그렇게 부모들이 눈치챌 때까지 나는 티나에게 꽉 붙잡혀 있었다.

내가 이 몸이 된 지 1년 남짓 지났다.

이 시기에 나는 이미 장시간 서고 걸을 수 있었다. 보통 아기라면 조금 더 시간이 걸릴 일이지만…….

"역시 내 아들이다! 그래야 사나이지! 너라면 더 잘할 수도 있다!"

아버지가 극성맞게 구는 터라 내가 걸어 다녀도 특별한 의심은 받지 않았다.

조금 시간을 두고 걸어야 자연스러우리라 생각했으나, 아버지가 띄워주니 거기에 편승하기로 한 것이었다. ……그건 그렇고 진짜 시끄럽네.

지금도 내 옆에서 귀가 따갑도록 「더 뜨겁게!」라고 소리치고 있었다.

더 뜨겁게, 라니…… 대체 뭘? 열이라도 나라는 말인가? 애한테 할 소리냐.

나는 아버지를 무시하고 밖을 걸었다.

밖이라고 해 봤자 마당이지만, 거의 1년간 방에서 지내던 나에게 외출의 해방감은 각별했다.

한동안 구보하다시피 마당을 도는데 집 대문을 두드리는 소리가 나더니 티나가 쌩하니 마당으로 뛰어들었다.

"에릭!"

달려온 티나는 내게 몸을 던져 안겼다.

나는 그것을 얌전히 받아주었지만, 아직은 매번 버티지 못하고 엉덩방아를 찧었다.

땅에 세게 찧은 엉덩이를 문지르며 평소대로 티나의 힘찬 포옹에 안겨 있었다.

처음 만난 약 1년 전부터 이웃집 티나는 거의 매일 놀러 와서 나에게 안겼다.

처음에는 내가 아직 일어나지 못해서 평범하게 안겼지만, 내가 일어서게 되면서부터 지금처럼 뛰어드는 경우가 많았다.

아직 아기라고 해도 될 나이인데 이렇게 세게 안겨도 되는 걸까? 다른 애였으면 틀림없이 울었을 거다.

그렇게 생각하는데 티나의 아버지가 와서 평소처럼 내게 안긴 티나를 보고는 낯빛이 새파래졌다. 그리고 부랴부랴 아버지에게 사과했다.

"죄, 죄송합니다! 위험하니까 그만하라고 항상 나무라는데 애가 듣질 않아서……."

아버지는 쓸데없이 호쾌하게 웃으며 답했다.

"하하하! 미안할 것도 많군! 활기차서 보기만 좋은데 뭘! 게다가 우리 아들이라면 내가 강하게 키우고 있으니까 걱정 붙들어 매!"

강하게 크고는 있지만, 아버지에게 훈련받은 기억은 없다. 내가 스스로 단련했지.

아버지들끼리 이야기하는 동안에도 티나는 나에게 안겨 떨어질 줄 몰랐다.

나도 그럭저럭 말문을 터서 티나에게 은근슬쩍 주의를 주려고 했으나…….

"에헤헤, 에릭…… 으응~!"

세 살배기 아이가 세상 해맑게 웃으며 끌어안는데 차마 뭐라고 할 수 없었다.

이렇게 귀엽잖아. 전생에 내게 아이가 있었으면 딱 티나 정도의 나이였을 거라고 생각하니 더 귀여웠다.

왜 이렇게 좋아하는지는 전혀 모르겠지만, 귀여우니까 봐주겠다.

……이건 좀 건방졌나.

육체도 단련 중이지만, 물론 마소 조작도 훈련하고 있었다.

오히려 1년을 연습한 이쪽의 성장세가 두드러졌다.

처음 했을 때는 3분밖에 지속하지 못하고 기절했지만, 1년 사이 한 시간은 전력을 다해도 기절하지 않게 됐다.

한 시간이라고 하면 크게 늘지 않은 것 같지만, 이 정도만 해도 전생의 나와 거의 같은 수준까지 도달한 것이다.

마소를 다루는 기량은 마법을 사용하면서 키우게 마련이므로 아직 급할 것은 없었다.

전생의 나는 마법에 완전히 젬병이라서 정말로 급할 때가 아니면 쓰지 않았다.

반면 검술에는 제법 자신이 있었다. 순수한 1대 1 칼싸움에서는 패배한 적이 없을 정도로.

그러나 마법이라는 불확정 요소가 개입하면 이야기가 달라졌다.

마법은 그때의 상태와 감정에 따라서 위력과 규모가 천차만별이었다.

예를 들어 요리할 때 쓰는 불 마법과 증오하는 적을 죽일 때 쓰는 불 마법은 같은 사람이 같은 마소량으로 쓰더라도 규모와 위력은 확연히 달랐다.

그래서 마소를 잘 다루지 못하는 사람이라도 강한 감정으로 마법을 쏘면, 극히 드물지만 자기보다 상위 마법을 쓰는 상대를 이기는 경우도 있었다.

그래도 당연히 마소는 잘 다룰수록 더 좋으므로 나는 지금까지 이 능력을 키워왔다.

오후에는 마당에서 노는 척 체력과 근력을 키우고, 밤에는 자는 척 마소를 조작하는 것이 나의 일과였다.

자는 척이라도 어차피 한 시간 마소를 조종하면 아침까지 곯아떨어지지만.

아직 마소를 다루는 기량이 떨어지고 마소의 질이 나빠서, 기절하고 눈을 뜰 때까지 시간이 오래 걸렸다.

하루빨리 마법을 쓸 수 있게 되어 질을 높이고 싶다.

오후, 마당에서 운동하던 중 평소처럼 티나가 놀러 와서 잠시 쉬기로 했다.

"티나는 에릭이 좋은가 보구나?"

마당 나무 그늘에서 티나에게 안겨 쉬는데, 티나 아버지가 와서 우리…… 정확히는 티나에게 말을 걸었다.

"응! 티나는 크면 에릭이랑 결혼할 거야!"

어, 어린애의 꿈은 대개 이렇지……. 아이의 무책임한 장래 약속이다.

"그, 그래? ……크흑! 딸이 벌써 아버지 품을 떠나려고……."

아니, 아저씨, 그게 아니지. 어린애 말을 곧이곧대로 듣지 마.

"아버지랑 결혼하겠다고는 한 번도 안 했는데…… 젠장!"

문제가 그거야?!

티나 아버지는 서글프게 고개 숙이고 집 안으로 들어가 버렸다.

"티나, 숨 막혀."

팔이 목을 조르기 시작해서 티나에게 말을 걸었다.

아직 어른처럼 유창하지는 않지만, 의사소통은 가능하게 됐다.

보통 말을 떼는 시기는 더 늦을지도 모르지만, 나는 정신이 성인이기 때문이겠지.

실제로 어머니가 너무 이르지 않냐고 의아하게 여겼지만, 아버지는 「역시 내 아들이다!」라며 마냥 자랑스러워하느라 얼렁뚱땅 넘어가 버렸다.

"앗, 미안……."

울먹이는 얼굴로 떨어진 티나에게 엄청난 죄책감을 느끼면서도 나는 일어서서 다시 마당을 뛰었다.

티나는 나무 아래 앉아서 나를 물끄러미 바라봤다. 그러면서 우물쭈물하는 것이 뭔가 할 말이 있어 보였다.

"같이 놀래?"

내가 묻자 티나는 얼굴을 활짝 펴며…….

"응!"

하고 크게 고개를 끄덕였다. 그러고는 일어나 달려와서 다시 안겼다. 나는 어떻게든 버텨서 넘어지지는 않았다.

항상 생각하지만, 기운차게 뛰어들면 아무래도 받아주기 힘들었다. 근력은 내가 강하겠지만, 체격 차는 무시할 수 없었다.

내가 그렇게 생각하는 줄도 모르고 티나는 내게서 살짝 떨어져서 흥분을 감추지 못하고 물었다.

"뭐 하고 놀까?!"

"으음…… 술래잡기할래?"

"술래잡기?"

"응. 내가 도망치면 티나가 나를 잡아."

"에릭한테 안기면 돼? 알았어!"

……틀리지는 않았으니까 괜찮겠지.

또 고개를 크게 끄덕인 후 티나는 나에게 달려들었다.

나는 허둥지둥 피하고 티나 뒤로 돌아갔다.

"여기야, 여기. 잡아 봐."

티나 뒤에서 손뼉을 치며 조롱했다. 하지만 조롱하는 줄도 모르는지, 티나는 웃으면서 나를 쫓았다.

"거기 서~! 아하하!"

쫓아오는 티나는 즐거워 보였다.

키 차이가 나는 한 살 남아와 세 살 여아가 진심으로 술래잡기를 하면 한 살 아이가 금방 잡히겠지만, 단련한 나는 그리 쉽게 잡히지 않았다.

물론 단순한 속도는 내가 느릴지도 모른다. 하지만 이건 술래잡기. 요는 잡히지 않으면 그만이었다.

어린애답게 일직선으로 달리는 티나를 최소한의 동작으로 피하고 뒤로 돌아간다.

이게 생각보다 훈련이 됐다. 전생의 감각이 조금씩 깨어나는 느낌이었다.

한동안 연습하자 나는 눈을 감고도 티나의 움직임을 느끼고 피할 수 있게 됐다.

계속해서 전생의 감각을 떠올리고 싶었지만, 갑자기 티나가 멈췄다.

뭔가 싶어 눈을 떴더니 티나의 눈가에 고인 눈물이 당장에라도 떨어질 것 같았다.

"우으, 에릭이 자꾸 도망쳐…… 에릭이……."

아차, 너무 심했나?!

나는 얼른 멈춰서 티나가 올 때까지 기다렸다.

티나는 처음보다 느리게 달려왔지만, 나는 도망칠 생각을 버리고 티나에게 잡혀주려고 기다렸다.

그리고 티나는 내 몸에 닿자 언제 그랬냐는 듯 해맑게 웃으며 나에게 매달리듯 안겼다.

"에릭…… 에헤헤……!"

안는 힘이 더 강해졌다.

……목이 졸리지만, 내가 잘못했으니까 달게 받아주자.

그렇게 생각한 나는 티나를 그대로 두고 숨이 막혀도 마소를 조종할 수 있는지 시험했다.

나는 세 살이 됐다.

한 살 때에 비하면 키도 제법 자랐고 근육도 붙었다.

더 오래 달릴 수 있게 됐으며 근력 운동을 하는 횟수도 늘었다.

그리고 지금, 나는 마을 바깥을 달리고 있었다.

일정 페이스로 달리면서 때때로 전력 질주로 몸에 부담을 주는 단련법이었다.

이곳은 이름이 없을 정도로 작은 마을이어서 마을 외곽을 크게 돌아도 2킬로미터 정도밖에 안 됐다.

인구는 약 100여 명에 사방이 숲으로 둘러싸인 벽지 촌락.

간혹 숲에서 야생동물이나 마물이 나와 피해를 입으면, 그때마다 논밭을 고치며 다 함께 힘을 합쳐 살아갔다.

그래도 우리 아버지 같은 사냥꾼들이 있는 덕분에 요즘은 피해가 없다고 한다.

"같이 가…… 에릭…… 허억, 허억……."

달리는 내 뒤에서 그린 소리가 들렸다.

나보다 두 살 연상인 누나, 다섯 살이 된 티나였다.

내가 마당이 아니라 마을 외곽을 달리게 된 후로도 티나는 나를 따라다녔다.

우리 집 마당에서 나와 놀던 티나는 함께 훈련한 사이라고 봐도 무방했다.

그래서 따라오고는 있지만, 제법 아슬아슬한 상태였다. 나는 의식적으로 훈련했으니까 두 살 어려도 체력은 더 강할 수밖에 없었다.

"됐다……. 오늘 달리기 끝."

"흐엑…… 헥…… 힘들어……."

우리 집 앞에 도착한 티나는 쓰러지다시피 바닥에 드러누웠다.

우리 집이라고 하니까 어쩐지 같이 사는 것처럼 들리지만, 그냥 이웃이라는 의미다.

나는 티나가 드러누운 옆에서 마무리 체조를 하며 티나를 지켜봤다.

달리기에 익숙해진 티나는 평소처럼 잠깐 쉬더니 금방 일어나서 마무리 체조에 동참했다.

"에릭은 왜 멀쩡해……? 나보다 쪼끄만데."

"많이많이 달려서."

나는 어린애 같은 말투로 대답했다. 보통 세 살 아이는 더 어리숙하게 행동하겠지만, 그렇게까지 연기하기엔 솔직히 부끄럽고 어려웠다.

"우, 이해 안 돼."

볼에 바람을 넣어 불쾌함을 고스란히 몸으로 표현하는 모습을 보고, 역시 티나는 귀엽다고 생각했다.

이 마을은 방금 설명한 대로 인구가 100여 명밖에 되지 않아 아이는 나와 티나밖에 없었다.

그래서 또래 아이가 있는 우리 부모님들은 집이 붙어 있기도 하여 특히나 사이가 좋았다.

뭐, 남 이야기는 아니지. 사이가 좋은 건 나와 티나도 마찬가지니까. 방금 함께 살지 않는다고 했지만, 최근에는 티나가 우리 집에 머물고 같이 자는 일도 빈번하여 함께 산다고 해도 딱히 틀린 말은 아니었다.

티나는 끌어안는 버릇이 있는지 잘 때도 나를 끌어안는 통에 괴로웠지만…… 잠든 귀여운 얼굴을 보는 낙에 꾹 참고 지냈다.

일단 땀을 흘렸으니까 집으로 들어가서 씻을까.

"티나, 씻자."

"에릭! 누나라고 불러야지!"

"……누나."

"응! 그럼 해줘야지~ 같이 씻어줄게!"

최근 티나는 나에게 누나 소리를 듣고 싶은지 자꾸만 내게 누나라는 호칭을 강요했다.

원인은 우리 어머니와 티나 어머니의 대화를 들었기 때문이었다.

『티나랑 에릭은 항상 붙어 다니고 사이가 좋네~.』

『그러게 말이에요. 다른 또래 친구도 없는데 이웃집에 에릭이 있어서 천만다행이에요.』

『내가 할 소리야. 항상 같이 다니는 게 꼭 남매 같아~.』

『그래도 에릭은 얌전해서 우리 티나가 동생처럼 보이네요.』

『그러게, 에릭이 좀 차분하지? 그래도 티나가 키가 있어서 누나처럼 보여~.』

『우리 티나도 보고 배웠으면 좋겠어요.』

두 어머니가 거실에서 나누는 대화를 듣고 티나는 나에게 누나가 무엇인지 물었다.

나는 대충 대답하고 넘겼다. 그런데 그 자리에 불쑥 나타난 아버지가 티나에게 같은 질문을 받더니…….

『누나란 무엇인가! 에릭에게 의지 받는 여자를 말한다! 멋진 여자가 되면 자연스럽게 에릭이 따를 것이다!』

라고 쩌렁쩌렁하게 외치고 떠났다. 티나는 거기서 뭔가를 깨달은 것처럼 누나가 되려고 내 훈련에 따라오거나 방금처럼 억지로 누나라고 부르게 시켰다.

아버지의 말을 살짝 곡해한 느낌도 들지만…… 적어도 티나는 만족스러운 모양이었다.

지금 내가 티나를 누나라고 부르기는 부끄러워서 몇 번 저항한 적이 있었다. 그랬더니 토라져서 눈물을 훌쩍거리기에 요즘은 금방 불러주고 있었다.

아직 조금 창피하긴 하지만, 우는 것보다는 나았다.

집으로 들어온 나와 티나는 함께 몸을 씻었다.

나는 평소대로 웃통만 벗어 젖은 수건으로 몸을 닦을 뿐이었지만, 티나는 알몸으로 머리부터 물을 뒤집어썼다. 요즘 날이 더워져서 시원해지고 싶은 모양이었다.

"으응~! 시원해~!"

목까지 오는 티나의 갈색 머리가 물에 젖어 살에 착 달라붙었다. 저렇게 머리가 길면 불편할 것 같은데 여자아이는 별로 신경 쓰지 않는 걸까?

아직 티나는 다섯 살이라서 맨몸을 드러내도 딱히 의식하지 않지만, 계속 바라보면 변태 같아서 나는 바로 눈을 돌리고 내 몸을 닦았다.

그리고 수건을 이용해 또 마법 훈련을 시작했다.

지금 쓰는 수건도 마법으로 물을 만들어 적신 수건이었다.

내가 마법 훈련을 시작한 지 어느덧 3년이 지났다.

이미 마소량은 전생의 나를 넘어섰다.

전생에서도 마소량을 늘리는 훈련은 3년 정도 지속했으나, 요령을 아는 지금은 효율이 좋아 빠르게 따라잡을 수 있었다.

게다가 이제 나는 마소를 다룰 뿐 아니라 본격적인 마법 훈련도 하고 있었다.

이로써 마소의 질이 오르고, 더 나아가 마법 훈련의 질도 올라 성장에 가속도가 붙을 것이다.

마법 방면은 이렇듯 순조로웠다.

이제는 어서 검을…… 아니, 목검이라도 갖고 싶다.

조금이라도 예전 실력을 되찾기 위해 하루빨리 검술 훈련도 시작하고 싶었다.

검술은 마법보다 효율적인 훈련 방법이 없었다.

그저 매일매일 반복하고 연습할 뿐. 그것이 검을 단련하는 방법이었다.

—검에 지름길은 없다. 멀리 돌아가는 길도 없다. 단지 외길을 최대한 멀리 나아가는 것이다.

이건 전생에서 아버지에게 들은 말이며 내 가슴에 가장 인상 깊게 남아 있는 말이었다.

아버지가 돌아가신 뒤로도 나는 이 말을 믿고 검 훈련을 하루도 빼먹지 않았다.

그 덕에 검 실력 하나는 뛰어나다고 자부했다.

하지만…… 나는 최근 3년간 검 근처에도 가 보지도 못했다.

이는 큰 손실이었다. 3년이나 연습을 빼먹었다고 생각하자 몸이 부르르 떨렸다.

전생에서는 검 실력을 갈고닦는 데 10년 이상을 투자했다.

마법과는 달리 어린 육체라서 유리하기는커녕, 신체 능력이 떨어져 오히려 시간이 오래 걸릴지도 모른다.

하지만 그래서는 안 된다. 시간이 얼마 없다…….

검의 길은 외길. 지름길도 없고 돌아가는 길도 없다.

그렇다면 그 길을…… 전속력으로 달려가자.

아직 목검조차 받지 못했지만, 아버지에게 특훈을 하고 싶다고 말하면 어떻게든 될 것 같기도 했다.

아버지는 그런 사람이니까 「하하하! 진짜 사나이가 되고 싶다는 말이냐! 좋다! 당장 훈련시켜주마!」라고 하면서 당장 하나 구해주지 않을까?

처음에는 같이 훈련하는 것도 나쁘지 않겠지. 전생에는 아버지와 한 번도 훈련한 적이 없었으니까 좋은 훈련이 될지도 몰랐다.

"에릭~"

"응? 왜?"

내가 어서 검 연습을 하고 싶다고 생각하는데 티나는 다 씻고 옷을 입고 있었다.

"에릭은 마법이라는 거 연습하지?"

"응. 맞아."

전에 티나 앞에서 마법을 쓰는 바람에 질문 공세를 받다가 전부 실토했다.

입막음을 하지 않았더니 티나는 신이 나서 우리 아버지에게 내가 마법을 쓴다고 말해 버렸다.

그래도 아버지는 평소대로 「역시 내 아들이다!」라고만 말하고 넘어갔다.

역시 우리 아버지라니까.

"나도 가르쳐줘!"

"티나한테?"

"누나한테!"

"……누나한테?"

"응!"

어쩌지…….

전생에서 마법을 쓰기는 했지만, 나라고 잘하는 편은 아니었다. 그래서 거의 검 하나로 싸워 왔다. 쓴다고 해 봤자 성냥보다 빠르게 불을 피우기 위한 생활 마법 수준일까?

그리고 전생보다 마소량은 많아졌지만, 마법 실력은 아직 그 시절에 미치지 못했다.

남에게 가르칠 깜냥이 못 됐다. 가르친다고 하면 기껏해야 가장 기초인 마소를 느끼는 방법과 마소를 다루는 요령 정도일 것이다.

하지만…….

"좋아. 해 볼까?"

"정말?! 와~!"

티나는 제자리에서 펄쩍펄쩍 뛰며 기뻐했다.

앞으로 몇 년 후…… 그날까지 티나가 조금이라도 강해진다면 그만큼 마음이 편할지도 모른다.

아니, 티나가 강하든 약하든 내가 지키겠지만, 유비무환이라고 하지 않던가.

그렇게 생각하고 나는 티나에게 몸속의 마소를 느끼는 방법을 가르쳐줬다.

"……여기까지는 알겠어?"

"음, 어려워~."

티나는 눈을 질끈 감고 몸속 마소를 느끼려고 했다.

처음부터 잘 되지는 않겠지.

전생의 나도 몸속 마소를 느끼기까지 일주일이 걸렸다.

그마저도 열다섯 살 때 일이었다. 다섯 살인 티나가 마소를 느끼려면 일러도 보름, 상식적으로 한 달은 걸릴 것이다.

게다가 어린아이의 집중력으로는 훈련을 오래 하지도 못할 테니까…… 넉넉잡아 석 달 안에 배우면 충분하지 않을까?

그만큼 오래 걸려도 못 배우는 사람은 못 배운다. 재능이 털끝만큼도 없는 사람은 평생 마법을 쓰지 못한다고 한다.

티나가 조금이라도 재능이 있으면 좋을 텐데…….

하지만 이때 나는 몰랐다.

……티나에게 마법을 가르친 것을 후회하는 날이 오리라고는.

티나에게 마법을 가르치기 시작한 뒤로 2년이 지났다.

바꿔 말하면 나는 다섯 살, 티나는 일곱 살이 됐다.

지금까지는 내 키가 극단적으로 작아서 티나를 올려다봤지만, 이제는 10센티미터 정도밖에 차이가 나지 않아 올려다볼 필요는 없어졌다.

이것은 내 정신 건강에도 좋은 일이었다. 아무리 친누나 같은 티나라도 그 키 차이는 나름대로 충격이었다.

지겹도록 말했지만, 내 정신은 20대 성인이다. 어디 그뿐인가? 이 몸이 되고 먹은 나이까지 더하면 슬슬 서른을 바라본다.

그런 정신을 가진 나를 조그만 아이가 내려다보는 광경은…… 자존감에 꽤 타격을 줬다. 나도 참 소심하지.

하지만 키 말고도 더 정신 건강에 해로운 일이 요 2년 새에 일어나고 말았다.

지금 나는 티나와 함께 달리기를 마치고 마당에서 마법 연습을 하고 있었다.

최근 생활 마법은 전생과 같은 수준까지 숙달했다.

그 말인즉, 마법의 질도 전생과 비슷한 수준이 됐다는 뜻이었다.

나도 불과 5년 만에 이토록 성장할 줄은 몰랐다. 뜻밖의 성과였다.

그리고 티나는 내 옆에서…… 같은 마법을 발동하고 있었다.

"에릭, 물 만들었어~"

"……응. 티나는 대단하네."

“에헤헤, 에릭도 해 봐.”

티나의 손바닥에서 나온 물이 바닥으로 흘러내렸다.

나도 마법을 발동해 물을 만들지만…… 검지에서 졸졸 새는 정도였다. 티나가 만드는 양에 비하면 하찮은 수준이었다.

“에릭은 조금밖에 안 나와~!”

“……그러게.”

……이것이 2년 사이 내 정신 건강을 해치는 새로운 원인이었다.

내가 5년간…… 아니, 전생도 합치면 10년 이상 연습한 마법을 티나는 고작 2년 만에 뛰어넘어 버렸다.

정확하게 말하면 마소의 질을 추월당한 것이고, 마소량은 5년 동안 늘린 내가 2년밖에 늘리지 않은 티나보다 많았다.

그러나 마소량을 추월당하는 것도 시간문제였다.

티나에게 마법을 가르친 것이 벌써 후회스러웠다. 이렇게 쉽게 따라잡힐 줄은 생각지도 못했다.

설마 티나에게 이런 재능이 있었다니……. 내 유리 멘탈은 이미 부서지기 직전이었다.

일곱 살 아이에게 마법을 따라잡히는 기분은 정말이지…… 죽을 맛이었다.

“에릭, 에릭! 이거 봐! 나뭇잎이 막 날아가!”

“……응. 청소한 나뭇잎을 날리는 건 안 좋지만, 대단하네.”

“누나 대단하지!”

티나는 칭찬해달라고 활짝 웃으며 내 쪽으로 달려왔다.

"응. 누나는 대단해."

티나의 머리를 쓰다듬어 칭찬했다. 심경은 복잡하고 속이 쓰리지만.

그래도 배시시 웃는 티나가 귀여워서 자꾸만 머리를 쓰다듬게 됐다.

티나가 아무런 악의도 없이 나보다 잘하는 것을 일일이 자랑하는 모습은 귀엽지만, 역시 속내는 복잡했다.

비아냥거리며 자랑한다면 그나마 대처할 방법이 있겠으나…… 어린 티나가 그럴 리도 없으므로 나만 상처받을 뿐이었다.

나와 티나가 함께 마법 훈련을 하는데 아버지가 시끄럽게 발을 울리며 마당으로 나왔다.

"에릭! 단련 중이냐! 티나도 같이 하고 있군! 그래야 에릭의 누나지!"

"네, 하고 있어요."

"좋아, 좋아!"

아버지는 티나의 머리를 움켜잡다시피 거칠게 만졌다.

티나의 머리가 휙휙 돌아가서 저래도 되나 걱정됐지만, 티나는 의외로 재미있는 모양이었다. 꺅꺅 즐겁게 소리를 지르면서 받아주고 있었다.

그래도 아버지가 만지면 티나의 머리가 다 헝클어져서 어머니는 그러지 말라고 말했지만, 아버지는 그만둘 생각이 전혀 없어 보였다.

내 머리도 살짝 만지지만, 전생부터 나는 이 머리 쓰다듬기가 조금 거북했다. 그래서 머리를 옆으로 치워 아버지의 손아귀에서 벗어났다.

"에릭, 오늘도 검을 연습하자!"

"아! 네."

2년 전, 내가 검을 배우고 싶다고 말하자 아버지는 기뻐하며 흔쾌히 가르쳐주겠다고 나섰다.

『세 살에 벌써 검을 배우겠다고 말할 줄이야! 이래야 내 아들이지! 크게 될 사나이다!』

……거의 예상한 대로의 반응 덕분에 다행히도 검 훈련을 할 환경이 조성됐다.

어머니는 반대했지만, 내가 자발적으로 꺼낸 말이라서 억지로 말리지는 못했다. 아마 아버지가 무작정 나에게 시키려고 했다면 어떻게 해서든 말렸으리라.

그런 연유로 아버지는 내 키와 같은 허수아비를 만들어 마당에 설치해줬고, 나는 거기에 목검을 휘두르며 검 연습을 시작했다.

목검도 아버지가 직접 만들어줬다. 험상궂은 얼굴에 비해 의외로 손재주가 좋은 아버지였다.

아버지는 어서 나에게 진검을 쥐여 주고 싶은 듯했으나, 그것만은 어머니도 말렸다.

나도 사실은 진검을 원했다. 그러나 이 키에 이 체격, 아직 근력도 부족한 상황에서 무거운 진검으로 연습하면 안 좋은 버릇이 생길지도 몰라서 참아야만 했다.

아이가 되고 처음으로 검을 휘둘렀을 때는 놀랐다. 3년간 연습하지 않은 탓에 감이 굉장히 녹슬었다는 사실을 실감한 탓이었다.

최근 2년은 검을 들지 않은 날이 없지만, 그래도 검 실력은 전생에 비해 한참 부족했다.

마음 같아서는 하루 종일 검을 휘두르고 싶지만, 어머니가 말리고 내 체력도 아직 받쳐주지 않았다. 지금은 참아야 할 때였다.

전생의 감을 되찾으려면 대체 몇 년이나 걸릴까…….

"옳지! 거기다! 더 깊이 파고들어서 올려 쳐!"

옆에서 소리치는 아버지를 거의 무시하고 나는 내 방식대로 훈련을 계속했다.

내가 볼 때 아버지는 힘으로 밀어붙이는 스타일이었다. 무기도 본인 키보다 큰 2미터짜리 대검이었다.

하지만 나는 전혀 달랐다. 오히려 그 반대. 나는 기술로 상대의 급소를 찔러 죽이는 스타일이라서 검도 보통 크기거나 차라리 짧은 쪽을 선호했다.

그런 이유로 간결하게, 가장 빨리 검을 휘두르도록 의식해서 연습하는데…….

"그 감질나는 칼질은 뭐냐?! 더 크게, 힘을 담아서 검을 휘둘러라!"

아버지는 그것이 마음에 들지 않는지 사사건건 주의했다.

이러니 계속 무시할 수도 없어서 아버지가 있을 때는 고분고분 말을 따랐다.

"좋아! 바로 그거야! 나는 이제 일이 있어서 가보겠지만, 혼자서도 똑바로 해야 한다!"

아버지가 마당에서 나가자마자 나는 한숨 쉬고 아버지의 가르침을 무시한 채 나만의 방식대로 검을 휘둘렀다.

이것이 전생의 감을 되찾는 속도가 늦어지는 이유 중 하나임은 부정할 수 없었다.

뭐, 아버지도 다 아들 잘되라고 하는 말 아니겠는가. 대놓고 무시할 수도 없어서 난감할 따름이었다.

"에릭 멋있어……. 나도 칼 쓰고 싶어."

옆에서 내 검 연습을 구경하던 티나가 심심하다는 투로 꿍얼거렸다.

아버지는 티나에게도 검을 가르쳐주려고 했지만, 우리 어머니와 티나네 어머니가 막았다.

여자애가 검을 휘두르면 위험하다고 생각했겠지. 사실 평범하게 사는 여성은 검을 배워도 딱히 써먹을 곳이 없었다.

반대로 쓸데없이 근육이 붙는 탓에 웬만한 여성은 기피했다.

티나가 검 연습을 하고 싶다고 해도 부모들이 말리는 이유가 있었다.

"티나…… 누나는 마법 연습을 하면 되잖아. 마법도 잘 쓰면 멋있어."

"그래? 응, 알았어! 누나 열심히 할게!"

말이 끝나기 무섭게 티나는 마법 연습에 돌입했다.

내가 검을 연습하는 동안 티나가 마법을 연습하면 마법 실력이 더 벌어질지도 모르지만, 나는 티나가 돌아간 뒤에도 집에서 따로 마법 연습을 하므로 아마 괜찮을 것이다.

……마법 연습 시간은 내가 더 길 텐데 왜 이리도 차이가 벌어질까?

역시 재능의 차이인가……. 세상은 불공평해.

나는 여덟 살이 됐다.

키도 제법 컸고 젖살도 많이 빠졌다. 역시 어머니를 닮은 것은 전생이나 지금이나 마찬가지였고, 내 생각에도 멋있다기보다 귀염성 있는 얼굴이었다.

나는 지금 마당에서 직접 새로 만든 허수아비를 상대로 훈련 중이었다.

"후우……."

숨을 내쉬고 최대한 힘을 뺀다.

허리에 찬 진검은 칼집에서 뽑지 않았고, 자루에 손도 대지 않았다. 몸에서 힘을 빼고 자연스럽게 서 있을 뿐이었다.

눈앞에 있는 허수아비를 노려보고, 뽑는다.

이미 끝까지 뺀은 진검을 조용히 칼집으로 돌려놓았다.

그러자 뒤에 있는 허수아비가 몸통부터 절반으로 잘렸다. 잘린 상반신은 뒤늦게 땅으로 떨어졌다.

—거합술.

납도한 검을 순식간에 뽑고, 벤다.

그게 이 기술의 전부였다.

나는 허수아비와의 거리를 순식간에 좁히고 검을 뽑아 베었다.

벤 뒤에 돌진의 여세로 목표를 지나치므로 허수아비는 내 등 뒤에 있었다.

"쳇, 너무 느려."

혀를 차며 허수아비를 돌아봤다.

절단면은 그다지 깨끗하지 않았다.

오늘 처음으로 진검을 써서 시도한 거합술이었다.

진검은 몇 개월 전부터 어머니에게 사용 허가를 받아 연습했지만, 처음에는 익숙하지 않아서 그냥 검을 휘두르며 근력만 키웠다.

그리고 충분히 몸에 익었다고 생각하여 오늘 거합술을 시도해봤는데, 전생에 비하면 느려도 너무 느렸다.

나는 이마에 맺힌 땀을 손으로 닦았다.

속도가 예전의 5분의 1도 안 됐다.

게다가, 한 번 검을 휘둘렀다고 어마어마한 피로가 몰려왔다. 체력도 근력도 아직은 너무 부족했다.

더 단련해야 한다…….

열 살이 된 티나가 옆에서 지켜보다가 박수를 치며 나에게 다가왔다.

"대단해, 에릭! 빨라서 칼을 뽑는 게 안 보였어."

"고마워, 티나 누나."

티나는 긴 붉은 머리를 뒤로 모아 말총머리를 묶었다.

활기찬 시골 아이 같아서 무척 귀여웠다.

티나는 내가 누나라고 부르지 않으면 슬픈 표정으로 죄책감을 줘서 내가 알아서 누나라고 부르도록 유도하는 고도의 기술을 익혔다.

그래서 나도 이제 「티나 누나」라는 호칭이 입에 붙고 말았다.

"검이 원래 그렇게 빨라? 마법보다 훨씬 빨라."

"응. 마법은 위력과 규모가 크지만, 발동은 느린 게 많아."

나도 마법에 꽤 익숙해졌지만, 지금 말한 대로 마법은 발동이 느렸다.

마법이란 위력과 발동 난이도에 따라서 급이 나뉜다.

아래부터 하급 마법, 중급 마법, 상급 마법, 최상급 마법, 왕급 마법, 정령급 마법, 신급 마법이라고 불린다.

위력이 강해질수록 마법 발동에도 시간이 걸린다.

인간이 습득할 수 있는 최고 단계는 왕급 마법이며, 왕급 마법을 쓰는 사람은 역사에 이름을 남길 정도였다.

나는 지금 중급 마법까지 쓰지만, 전생에서는 하급 마법밖에 쓰지 못했다. 이것도 많이 발전한 편이었다.

하지만 방금 말한 대로 중급 마법은 발동이 조금 느려서 검으로 공격하는 쪽이 압도적으로 빨랐다.

그래도 가벼운 마법, 전투 중에 눈속임을 하는 정도라면 가능할지도 모르니까 앞으로도 차근차근 익혀 나가자.

"자, 여기 수건. 물에 적셔 놨어."

"고마워, 티나 누나."

티나는 마법으로 수건을 시원하게 축여 놓았다. 나는 그것에 얼굴을 묻고 땀을 닦았다.

열이 오른 얼굴을 시원한 수건이 식혀주었다. 땀을 흘리고 이러면 기분이 정말로 상쾌했다.

이런 배려는 정말로 누나 같아서 의지가 된다.

나와 티나가 마당에서 잠깐 이야기를 나누는데 아버지가 시끄러운 발소리를 내며 다가왔다.

“에릭! 지금부터 숲에 갈 거다! 따라올 테냐?!”

“앗! 네, 갈게요.”

얼마 전부터 아버지는 숲에 갈 때 나를 데리고 갔다.

아버지가 어머니를 힘들게 설득해서 사냥 일을 옆에서 지켜보기만 한다는 조건으로 타협을 본 결과였다.

하지만 나는 어머니에게 비밀로 마물 사냥에 동참하고 있었다.

숲까지 가서 마물을 사냥하지 않으면 무슨 훈련이 되겠는가 하여 아버지에게 나도 마물과 싸우고 싶다고 말하니…….

『그래야 내 아들이지!』

곧바로 승낙해줬다. 물론 어머니에게는 말하지 않지만.

“디안 아저씨, 나도 가고 싶어요!”

“윽! 그러냐…….”

아버지는 까끌까끌한 턱수염을 만지며 생각에 빠졌다.

사실 전부터 티나도 숲에 가고 싶다고 말했지만, 두 어머니가 극구 반대했었다.

그래서 티나는 한 번도 숲에 들어간 적이 없었다.

“아저씨…… 안 돼요?”

“으으……!”

티나는 아버지 발치에서 올려다보며 간절하게 말했다. 귀여운 아이의 눈을 보고 거절하기란 쉽지 않은 법이었다.

티나도 이것을 노리고 한 것……은 아닐 것이다. 최근 나에게도 저러는 일이 잦아서 정말로 무의식적인 행동인지 좀 의심스럽지만.

"알았다! 내가 데려가 주마! 어머니들한테는…… 비밀이다?"

아버지는 티나의 귀여움에 백기를 들었는지 데리고 가기로 결심했다. 말끝에 목소리를 죽이며 나와 티나에게 비밀을 지켜달라고 말했다.

"네! 고마워요, 아저씨!"

티나도 웃으며 약속했다. 나도 아버지가 마물 사냥을 비밀로 해주니까 고자질할 생각은 없었다.

"좋아…… 그럼 조용히, 들키지 않게 나가자."

평소처럼 우렁찬 소리를 내지 않고 발소리도 최대한 줄인 아버지는 살금살금 마당을 빠져나와 숲으로 출발했다. 나와 티나도 뒤따랐다.

집을 나와 몇 분 걷자 바로 마을을 둘러싸는 울타리가 나왔다.

"됐다. 여기까지 오면 괜찮겠지! 그럼 둘 다 가자! 티나는 나한테서 떨어지지 말고!"

"네!"

그리고 아버지 뒤를 따라서 우리는 숲 속으로 들어갔다.

처음에는 티나도 신나서 깡충깡충 걸었으나, 나와 아버지의 분위기를 보고는 조용히 우리 뒤를 쫓아왔다.

아버지도 평소 같은 시끄러운 발소리와 목소리를 전혀 내지 않고 숨죽여 숲 속을 걸었다.

역시 전문 사냥꾼이었다. 아버지는 숲의 위험성을 알고 있었다.

몇 분을 걷다가, 아버지가 멈췄다. 주위를 구경하며 따라오던 티나가 아버지 등에 부딪칠 뻔해서 내가 손으로 제지했다.

"……아버지."

"그래, 두 시 방향. 거리는 60. ……레드 베어군."

나도 이미 같은 마물을 발견했다. 티나가 옆에서 그 방향을 보고 숨죽이는 것이 느껴졌다.

레드 베어.

붉은 털이 난 곰 마물로, 크기는 약 3미터.

덩치도 꽤 커서 멀리서 봐도 나나 티나보다 폭이 세 배는 넓어 보였다.

"위험하군. 마을 근처에 저렇게 큰 레드 베어가 있으면 언제 내려올지 몰라. 반드시 처치해야 해……."

"그러게요……. 앗, 아버지, 저기 뒤쪽!"

"응? 아! 새끼가 있군……."

3미터나 되는 레드 베어에 가려서 보이지 않았지만, 뒤쪽에 1미터 크기의 새끼가 있었다.

그 레드 베어의 새끼조차도 나나 티나보다 컸다.

"성가시군. 새끼를 지키는 부모 레드 베어는 특히 거칠어. 너희도 조심해라. 조금이라도 소리를 내면……."

—들킨다.

뒷말은 하지 않아도 알겠지만…… 갑자기 나와 아버지 뒤에서 뚜둑, 소리가 났다.

아버지와 내가 휙 돌아봤다.

티나가 레드 베어에게 겁먹어 뒷걸음치다가 나뭇가지를 밟은 소리였다.

"힉……!"

일제히 돌아본 탓에 소리를 지를 뻔한 티나의 입을 내가 얼른 손으로 틀어막았다.

티나의 입을 막은 채로 아버지를 봤다.

아버지는 레드 베어를 관찰하며 우리에게 손바닥을 내밀었다. 가만히 있으라는 수신호였다.

……잠시 기다려도 반응이 없는지 그제야 아버지는 손을 내리고 한숨 쉬었다.

"큰일 날 뻔했군. 들켰으면 조금 위험했을 거다."

"어떻게 죽이지?"

내가 티나의 입에서 손을 떼며 아버지에게 물었다.

"가능하면 원거리 공격으로 죽이고 싶은데 그럴 수단이 없군. 동료 사냥꾼 중에 활을 쓰는 녀석이 있지만 지금부터 데리고 올 수도 없고……."

아버지는 턱에 손을 대고 고민했다. 단숨에 접근해 한 방에 해치운다면 다행이지만, 아마 다가가는 도중에 발각되어 기습은 실패할 것이다.

한 방에 해치우지 못해 날뛰면 티나가 위험할 수도 있다.

아버지는 그렇게 생각할지 모르지만, 나는 제안했다.

“나랑 티나 누나가 마법으로 선제공격을 하는 건 어때요?”

“응? 할 수 있겠어? 이 거리에서 저기까지 닿아?”

“죽이지는 못하겠지만, 아마 치명상은 줄 수 있을 거예요.”

“그래? 티나, 할 수 있겠어?”

아버지는 겁먹은 티나에게 물었다.

하지만 티나는 자기 마법에 자신이 없는지 어떻게 해야 할지 망설였다.

“티나 누나, 괜찮아. 나보다 티나 누나가 마법은 잘 쓰잖아. 자신감 가져.”

“에릭…….”

“실수해도 내가 지켜줄게.”

티나는 내 눈을 똑바로 보았다. 그 눈에서 이미 공포는 보이지 않았다.

“……응, 알았어. 할게, 에릭.”

“좋아, 아버지.”

“안다. 여차하면 내가 바로 뛰쳐나갈 테니까 실수를 두려워하지 마.”

아버지는 그렇게 말하고는 우리에게서 떨어져 신중하게, 아슬아슬한 거리까지 레드 베어에게 다가갔다.

아버지가 멈춰 선 것을 확인하고 나와 티나는 마법을 준비했다.

나와 티나는 나란히 마법 주문을 외는데…… 옆에서 티나가 떠는 것이 느껴졌다.

나는 말없이 티나의 손을 쥐었다.

티나는 살짝 놀라며 나를 보았지만, 곧 미소 지어 보였다.

티나의 떨림은 완전히 멎었다.

“티나 누나, 시작한다?”

“응!”

나와 티나는 동시에 마법명을 외었다.

““셰이드 소드(인풍(刃風))!””

우리 머리카락이 휘날리고, 칼날이 된 바람이 60미터 앞에 있는 레드 베어를 향해 날아갔다.

말 그대로 바람을 가르는 소리와 동시에, 레드 베어의 몸에서 피가 분출했다.

3미터 크기의 부모 레드 베어는 『셰이드 소드』에 몸이 둘로 찢겼다.

1미터쯤 되는 새끼는 몸에서 피가 튀었지만, 숨통까지 끊어지지는 않았다.

예상치 못한 정체불명의 공격에 새끼는 고통스럽게 울부짖었지만, 곧바로 근처에 있던 인간에게 놀라 뒤로 도망치려고 했다.

“어딜 도망가! 흡!”

아버지는 위로 쳐든 대검으로 압살하려는 것처럼 새끼 레드 베어를 힘껏 내리쳤다.

새끼보다 큰 대검이 그 몸통을 두 쪽으로 갈라 버렸다.

아버지는 피를 뒤집어쓰면서 두 마리 모두 확실히 죽었는지 확인

했다.

"좋아. 이제 괜찮다!"

그 말을 듣고 나와 티나는 아버지에게 다가갔다.

가까워질수록 피 냄새가 강해졌다.

"역시 내 아들이다! 집채만 한 레드 베어를 두 동강 냈어! 이만한 사냥감은 나라도 두 동강 내지 못하는데! 티나도 잘했다!"

아버지는 우리를 그렇게 칭찬했지만, 그건 큰 오해였다.

"아버지, 내 마법이 맞은 건 새끼 쪽이에요. 큰놈을 절단한 건 티나 누나 마법이고."

"뭐라고?!"

아버지가 놀라서 소리쳤다.

나와 티나가 쏜 『셰이드 소드』는 중급 바람 마법이었다.

같은 마법이라도 사용자가 다르면 이토록 위력에 차이가 난다.

내가 쏜 마법은 새끼에게 상처를 냈을 뿐인 반면, 티나의 마법은 큰 레드 베어를 둘로 가르는 위력을 발휘했다.

티나는 아직 중급 마법밖에 배우지 않았지만, 그 위력은 이미 상급 마법에 필적했다.

3년 전에는 내가 마소량이 높았지만, 이미 내가 티나에게 마법으로 이길 요소는 없었다.

연습은 내가 먼저 시작했는데…… 자괴감이 든다.

"그랬군……."

아버지는 잠시 뭔가 생각하더니 티나에게 말을 걸었다.

"티나…… 커서 사냥꾼 해 볼 생각……."

"그러지 마요, 아버지."

아버지가 티나를 사냥꾼으로 스카우트하려고 했다.

"왜?! 힘이 있으면 여자라도 상관없어! 어떠냐, 티나!"

"음, 싫어요."

"큭, 이렇게 단박에 거절하다니……."

그야 그렇지. 보통 여자애가 이런 피비린내 나는 직업을 좋아할 리가 있나.

그 후 아버지는 큰 레드 베어를, 나는 작은 레드 베어를 끌고 마을로 돌아왔다.

포악한 마물이라도 일단 식용 고기이기에 들고 가면 마을 사람들이 기뻐한다.

숲을 나와 마을로 돌아오자 큰 레드 베어를 짊어진 아버지는 자연스럽게 눈에 띄었고 이내 사람들에게 둘러싸였다.

"하하하! 다들 봐라! 오늘은 곰 고기를 나눠줄 테니까 기대해!"

사람들에게 둘러싸인 아버지는 콧대가 한껏 높아져서 떵떵거렸다.

뒤에서 어머니가 무시무시한 냉기를 뿜으며 다가오는 줄도 모르고.

"당신……!"

"응? 헉?! 셀레나……!"

아버지를 에워싼 사람들은 어머니를 보자마자 소스라치며 흩어졌다.

"남의 집 딸을 숲에 데리고 가서 이런 위험한 마물을 사냥해와……?"

"아, 아니야! 이 마물이 마을 근처에 있어서 어쩔 수 없이……!"

"변명하지 마! 거기 꿇어앉아!"

3미터짜리 마물을 짊어지고 의기양양하게 귀환한 남자의 위용은 이미 온데간데없었다.

"에릭, 생일 축하해~!"

"에릭, 축하해!"

"고마워요, 어머니, 티나 누나."

오늘 나는 마침내 열여섯 살이 됐다.

전생에서 한 번도 잊지 못한, 이 해.

지금 나는 집에서 어머니와 아버지, 티나와 티나의 부모님에게 깜짝 축하를 받고 있었다.

"에릭! 내가 너 주려고 숲에서 잡아 왔다! 오늘은 배 터지게 고기를 먹어라!"

"에릭, 고기도 좋지만 나랑 티나가 만든 케이크도 먹으렴."

"맛있게 만들어졌을 거야. 괜찮으면 먹어 봐."

"네, 아버지도 고마워요. 티나 누나가 만든 거라면 기쁘게 먹을게."

아버지도 평소 이상으로 시끄럽게 떠들었고 어머니는 그 모습을 어이없게 웃으며 바라보지만, 오늘은 말릴 생각이 없어 보였다.

티나의 부모님도 친부모처럼 나를 축하해줬고, 티나도 내 열여섯 살 생일을 자기 일처럼 기뻐했다.

나는 그것을 진심으로 기뻐하면서 머릿속으로는 내일 일을 냉정하게 생각했다.

내일…… 내가 전생에서 가장 힘을 바랐고 후회한 날이라고 해도 과언이 아니었다.

모든 것을 잃은 날. 그것이 내 열여섯 살 생일의 다음 날이자 말 그대로 『죽어도 잊지 못할 날』이었다.

나는 이 세상에 다시 태어나서 내일을 위해 힘을 키웠다.

모두 구하겠다고 마음먹었다면 우선 이 열여섯 살의 비극을 해결해야 했다.

괜찮다. 내일을 위해서 착실히 준비해 뒀다.

전생에서는 생일 바로 다음 날 지옥으로 떨어진 기분이었지만, 그 덕분에 날짜는 확실히 기억했다. 그렇게 생각하면 아무 일도 없는 날보다는 차라리 나았는지도 모른다.

"에릭? 왜 그래?"

"……응? 아, 그냥, 아무것도 아니야."

내일 일을 생각하는데 티나가 내 반응이 이상했는지 말을 걸었다.

조심해야겠다. 티나와 어른들에게 걱정 끼치고 싶지 않다.

내가 내일 일어나는 일을 여기 있는 누구에게 말해도 쉽게 믿어주지는 않으리라. 게다가 이 사람들이 믿어도 마을 사람들이 믿고 행동해줄 리 없었다.

그래서 나는 내일 일을 누구에게도 말하지 않고 가능한 한 비밀리에 해결하고 싶었다. 하지만 아무리 그래도 그건 어렵다고 생각하여 다른 방법으로 마을을 지키기로 했다.

“다들 고마워.”

나는 생일을 축하해주는 이들에게 걱정을 끼치지 않도록 웃는 얼굴로 이 행복한 시간을 보냈다.

그날 밤.

나는 홀로 숲에 와 있었다.

내일 이 마을은 마물 대군에게 습격당한다.

내일 점심에는 마을을 둘러싼 낡은 울타리를 짓밟고 수백 마리 마물이 마을을 덮칠 것이다.

나는 그 사실을 태어나기 전부터 알고 있었다. 그래서 이렇게 훈련해 힘을 키웠는데…….

“이상해…….”

내일에 대비해 가능한 한 마물을 줄이려고 오밤중에 숲으로 왔다.

그런데 이미 수십 분이나 돌아다녔는데도 마물은 코빼기도 보이지 않았다.

평소라면 이렇게 숲 깊숙이 들어오면 몇 마리는 마주쳐야 정상이었다.

게다가 마물은 원래 야행성이 많다. 낮에도 제법 활동하지만, 보통은 밤에 더 활발했다.

특히 이 숲에는 밤눈이 좋은 검은 새, 나이트 버드(야우조(夜羽鳥))라는 마물이 서식했다. 어둠을 틈타 행동하는 날쌔고 교활한 마물인데…… 그게 한 마리도 보이지 않았다.

"내일 습격의 전조인가?"

냉정하게 생각하면 이상했다.

전생, 현생을 불문하고 내가 이 마을에 태어난 이래 그런 대규모 마물 습격은 이제껏 한 번도 없었다.

지금까지는 기껏해야 마물 몇 마리가 마을로 내려와 밭을 헤집는 정도였다.

반대로 이토록 마물이 보이지 않는 것도 비정상이었다. 이건 틀림없이 내일 마물 습격과 관련이 있을 것이다.

"이 숲에서 무슨 일이 벌어지는 거지?"

그런 생각을 하며 숲을 조금 더 탐색해 봤지만, 역시 마물은 한 마리도 찾을 수 없었다.

어쩔 수 없이 왔던 길을 돌아가려는데…… 그 순간, 나는 시선을 감지했다.

퍼뜩 뒤로 돌아 허리에 찬 검을 잡고 주위를 돌아보았지만…… 아무런 기척도 없었다.

분명히 시선을 느꼈는데, 착각이었나?

아니, 지금 시선은 마물이 아니라 사람이 지켜보는 감각에 가까웠다.

잠시 긴장 상태를 유지하며 대기했지만, 어디서도 아무런 느낌이 들지 않아 칼자루에서 손을 뗐다.

역시 착각이었을까? 내일 일을 너무 걱정해서 예민해진 건지도 모르겠다.

이만 돌아가서 자자.

내일은 이번 생의 첫 고비와 마주해야 한다. 수면 부족으로 컨디션을 망치면 주객전도다.

나는 의문을 떨치지 못하며 숲을 뒤로했다.

◆ ◆ ◆

"오호, 이 정도의 기척을 감지하나……. 크흐흐, 생각보다 재미있을지도 모르겠군."

◆ ◆ ◆

집으로 돌아온 나는 어머니와 아버지가 깨지 않게 발소리를 죽여 부모님 방 앞을 지나 내 방으로 갔다.

내 방 침대에는 이미 티나가 자고 있었다.

세 살 때부터 티나와 같은 침대에서 자기는 했지만, 설마 내가 열여섯, 티나가 열여덟 살이 되어서도 같은 침대를 쓸 줄은 몰랐다.

전생에서는 어땠는지 기억나지 않았다. 같이 잔 기억은 있지만, 이렇게 쭉 같은 침대를 썼던가?

나는 티나가 깨지 않게 조심조심 이불 속으로 들어가 티나 옆에 누웠다.

"으응, 에릭……."

이불로 들어가자 티나가 웅얼거리는 소리가 들렸다.

깬 줄 알고 놀랐지만, 그냥 잠꼬대였나 보다.

"에헤헤, 귀여워……."

……나를 보고 하는 말인가?

뭔지 모르겠지만, 꿈을 꾸는지 행복하게 잠든 티나가 귀엽다는 것은 확실했다.

행복하게 미소 짓는 티나의 얼굴을 바라보면서 깨지 않게 머리를 빗어 내렸다.

잘 때는 머리를 묶지 않아서, 어릴 적보다 긴 머리라도 손가락은 걸림 없이 미끄러져 내려갔다.

잠든 상태에서도 머리를 쓰다듬는 느낌이 전해지는지 간지러워 하면서도 몸을 내 쪽으로 더 붙였다.

나는 이토록 귀여운 티나를 바라보며 생각에 빠졌다.

내일 마물 습격을 막지 못하면…… 나는 이 미소를 잃는다.

아니, 나는 이미 한 번 잃었다.

전생의 나는 아무런 힘도 없었다. 마을을 습격한 마물에게 겁먹어 도망치기 바빴다.

아버지와 사냥꾼들이 일시적으로 마물을 막고 주민들을 피난시키려고 했지만, 곧 마물의 물량공세를 버티지 못하고 한 명씩 죽어갔다.

마지막까지 쓰러지지 않고 싸우던 아버지의 모습을 나는 아직도 기억한다.

『셀레나! 애들 데리고 도망쳐!』

싸우는 아버지의 뒷모습을 마지막으로 눈에 새기고, 나는 어머니와 티나에게 이끌려 마을을 빠져나가 숲 속으로 달렸다.

하지만 우리는 어느샌가 마물에게 쫓기고 있었고…… 어머니는 스스로 미끼가 되어 우리와 다른 방향으로 달렸다.

『에릭, 티나…… 사랑해.』

티나와 함께 달리던 때 뒤에서 들린 어머니의 비명과…… 그 소리가 갑자기 끊기고 고요해졌던 숲의 정적을 나는 지금도 잊을 수 없다.

그러고도 우리는 필사적으로 도망쳤지만, 다시 금세 따라잡히고 말았다.

결국 벼랑 끝까지 내몰린 티나는…… 나를 끌어안고 뛰어내렸다.

『에릭은, 죽지 마……. 살아야 해……!』

티나는 나를 있는 힘껏 끌어안고 계곡으로 떨어졌고 나는 강한 충격을 받고 기절했다.

그 후, 나는 다친 몸으로나마 살아남았다. 나를 발견한 사람의 말에 따르면 조금만 치료가 늦었어도 죽었을 거라고 하지만…….

내가 살아남을 수 있었던 가장 큰 이유는 죽어서도 내 몸을 놓지 않았던 티나 덕이었다.

내 목숨을 구해준 것이다. 아버지가, 어머니가, 그리고 티나가.

아무 힘도 없던 나는 처음부터 끝까지 도움만 받았다.

아버지처럼 마물을 해치울 힘도 없었고, 어머니처럼 소중한 사람을 지키기 위해 희생할 각오도 없었고, 티나처럼 죽는 한이 있어도 남을 감쌀 용기도 없었다.

그런 나에게 지금 과거의 잘못을 바로잡을 기회가 주어졌다.

내가 다시 같은 전철을 밟을쏘냐.

반드시 구하겠다. 마을 사람들을, 아버지를, 어머니를.

그리고…… 눈앞에서 잠든 티나의 웃음을 잃지 않기 위해서.

그렇게 맹세한 나는 평소처럼 나에게 안기는 티나의 체온을 느끼며 서서히 눈을 감았다.

◇ ◇ ◇

내 어릴 적 기억에서 가장 또렷한 것은 어떤 남자아이와의 첫 만남이었다.

어느 날, 아빠가 나를 옆집으로 데리고 갔다. 그날은 이사한 당일이라 인사차 들렀다고 했다.

옆집에 가자 순해 보이는 여성이 우리를 맞아줬고, 집 안에는 무섭게 생긴 남성이 있었다.

무서워서 아빠 뒤에 숨은 기억이 난다.

그리고 어른들이 이야기하는 동안 나는 그 방에 있는 아기를 발견해 다가갔다.

나중에 남자아이라는 것을 들었지만, 처음 봤을 때는 여자애로 착각했다.

귀여운 얼굴에 동글동글한 눈이 나를 똑바로 쳐다봤다.

너무 귀여워서 나도 모르게 껴안아 버렸는데, 지금 생각하면 조그만 아기를 그렇게 세게 끌어안은 것이 미안하다.

그 남자애, 에릭을 만나고 나는 매일 같이 에릭을 만나러 옆집을 들락거렸다.

그때는 사각하지 못했지만, 나는 에릭에게서 아기나 어린아이답지 않은 『무언가』를 느끼고 있었다.

내가 마당에서 놀다가 세게 넘어져 무릎이 까져서 울 때, 가장 먼저 내 곁에 와준 사람은 에릭이었다.

불과 두 살인데 내 무릎을 물로 씻어줬다.

나는 그때 에릭의 손에서 물이 나오는 것을 보고 울음을 그친 뒤 그것이 무엇인지 물었다. 에릭은 마법이라고 말했다.

마법이 뭐야?

어떻게 써?

에릭은 질문에 모두 답해줬다.

나보다 두 살이나 어린데 어떻게 이렇게 많이 아는지 신기했다.

그 후로도 에릭과 놀며 많은 것을 듣고 배웠다.

한때는 어머니와 셀레나 아줌마가 우리를 누나와 동생 같다고 했다. 그때는 근처에 에릭네 아저씨밖에 없어서 그게 무슨 말인지 물어봤다.

아저씨는 누나란 『의지 받는 여자』라고 했다.

나는 언제나 에릭에게 의지한다는 사실을 그때 깨닫고, 이번에는 내가 누나로서 에릭에게 의지받고 싶다는 생각이 들었다.
에릭은 언제나 달리기를 하니까 함께 따라가기도 했다. 에릭에게 맞춰 검도 연습하려고 했지만, 그건 어머니와 아줌마가 말렸다.
대신 에릭에게서 마법을 배워 같이 훈련했다.
처음에는 잘하지 못했지만, 하루 만에 마법이 무엇인지 이해하고 점점 재미가 붙었다.
함께 마법을 훈련하면 에릭은 어째선지 착잡한 표정으로 나를 보던데 이유를 모르겠다.

에릭의 아버지는 우리 마을에 얼마 없는 사냥꾼이었다.
정확히는 모르지만, 숲에 있는 위험한 마물이나 동물을 처치하는 일이라고 들었다.
해치운 마물과 동물의 고기는 마을에 균등하게 나누므로 사람들의 신뢰가 두터웠다.
그 사냥에 에릭이 따라가게 되면서부터 나 혼자 집에서 기다리는 일이 잦아졌다.
내가 열 살 때, 처음 사냥에 따라갈 수 있었다.
아버지와 어머니에게 비밀로 에릭과 숲에 가는 것이 기뻐서 깡충깡충 뛰다시피 숲을 걷는데, 에릭과 아저씨의 분위기가 진지해서 나도 조용히 뒤를 따라갔다.
그러다가 에릭과 아저씨가 갑자기 멈춰 섰다. 이상하게 생각하며 두 사람이 바라보는 방향을 보자 큰 마물이 있었다.

레드 베어라는 마물로, 이 숲에서도 위험한 축에 속한다고 했다.

상담한 결과, 나와 에릭이 마법을 써서 선제공격을 하고 아저씨가 해치우기로 작전을 짰다.

나는 처음 생물을 죽이는 행위와 실패가 두려워 불안했지만, 그런 나를 보고 에릭이 손을 쥐어줬다.

지금까지 내가 손을 잡은 적은 있어도, 에릭이 손을 잡아준 적은 없었다.

놀랐지만 불안은 눈 녹듯 사라졌고, 나도 모르게 떨던 몸도 멈춰 있었다. 덕분에 마물을 똑바로 보고 마법을 발동할 수 있었다.

결국 내 마법은 어미 레드 베어를 갈랐고, 에릭의 마법은 새끼 레드 베어에게 치명상을 줘서 아저씨가 마무리 지었다.

내 마법을 본 아저씨는 사냥꾼이 되지 않겠냐고 제안했지만, 전에 에릭도 사냥꾼이 될 생각은 없다고 말해서 나도 거절했다.

마을로 돌아오고 부모님에게 조금 혼났다. 걱정을 끼치지 말라며…….

나도 아무 말 없이 숲으로 간 사실을 사과했다.

그래도 숲에 가서 알게 된 것은 역시 에릭은 굉장히 의지가 된다는 점이었다.

벌벌 떠는 나를 진정시키려고 말을 걸고 손을 잡아주기도 했다.

이렇게 의지되는 에릭에게 나 또한 의지되는 사람이 되고 싶었다.

그래서 나는 누나가 되기를 포기하지 않았다.

처음 숲에 간 날부터 몇 년이 지나 나는 열여덟 살이 됐다.

그리고 오늘은 에릭, 내 동생의 생일이었다.

"에릭, 축하해!"

처음 만났을 때는 아기였던 애가 열여섯 살이 되었고, 귀엽던 얼굴도 지금은 조금 늠름해졌다.

줄곧 나보다 작았던 키도 지금은 나보다 조금 컸다. 아저씨의 키를 생각하면 에릭도 앞으로 더 클 것이다.

"고마워, 티나 누나."

나보다 키가 커져도 에릭은 어릴 때와 변함없이 웃으며 나에게 감사했다.

그 웃음을 보고 나도 더 환하게 웃었다.

언제까지고 이 행복이 계속되면 얼마나 좋을까…….

나는 그렇게 생각하며 에릭의 생일을 축하했다.

……요즘 멋있어진 동생을 보면 가슴이 두근거리는 이유는 뭘까?

엄마한테 상담해 볼까?

HE CHALLENGES THE FIGHT FATEFULLY.

He lost all his important things. As he respawn, he aims for the invincibility to save everything.

제 2 장 죽음에서 돌아와, 싸우다

나는 아침 일찍 일어나 마당에서 검을 휘둘렀다.

어제는 티나와 함께 자면서도 오늘 일을 생각하느라 푹 잠들지 못했다. 그래도 컨디션은 문제없었다.

전생에서는 하루 종일 싸운 적도 있었다. 그에 비하면 지금 상태는 최상에 가까웠다.

지금까지 훈련해 온 덕분에 거의 전생과 같은 수준까지 강해질 수 있었다.

나는 이날을 위해 다시 태어난 이래로 끊임없이 훈련한 것이다.

……반드시 모두 구하고 말겠다.

결의를 가슴에 품은 나는 정신을 집중해 검을 휘두르고 조금 뒤 있을 마물 습격에 대비했다.

그런데 이른 아침인 탓인지 평소보다 조용한 발소리를 내며 아버지가 마당에 얼굴을 내밀었다.

"오오! 에릭!"

"아버지, 아침."

"어, 아, 미안."

내가 주의하자 아버지는 목소리를 조금 낮추고 떠들었다.

"이런 이른 시간부터 훈련도 하고 기특하구나! 지금부터 숲에 사냥하러 갈 건데 따라올 테냐!"

"……네. 갈게요."

나는 어제 돌아본 숲을 떠올렸다.

낮에 느닷없이 마물이 쳐들어올 텐데 어제 상황을 보는 한 평소 숲과는 상황이 달랐다. 지금 가면 다를지도 모르니까 아버지와 함께 숲에 가 보기로 했다.

"그래! 그럼…… 조용히 가자."

아버지는 한 번 더 큰 소리를 낼 뻔했지만, 내가 입에 검지를 대자 소리를 죽이고 살금살금 걸어갔다. 나도 뒤를 따라갔다.

"이상하군……. 마물이 안 보여."

그렇게 중얼거린 아버지 옆에서 나는 긴장을 풀지 않고 숲을 탐색했다.

"아침이라 마물이 없을 수는 있어. 하지만 아예 흔적조차 없는 건 이번이 처음이야."

아버지의 말에 따르면 마물은 대체로 야행성이었다.

간밤에 숲에서 활동했다면 뭐든 흔적이 남는 법이었다.

그렇지만 오늘 숲에는 그런 흔적이 일절 없었다. 발자국 하나 안 보였다.

아버지는 마른 낙엽이나 흙을 살펴보면서 주변을 돌아봤다.

"으음, 여기서 생각해도 소용없겠어. 에릭, 마을로 돌아가자."

“네.”

아버지라면 이 상황에 관해 뭔가 알지도 모른다고 생각했지만, 역시 지금까지 없었던 일인지 원인은 밝혀내지 못했다.

그래도 나는 이 뒤에 일어날 일을 알고 있었다.

“안 좋은 일이 일어날 징조인지도 몰라요.”

“아직 단정 짓기는 이르지만, 마을에는 숲이 이상하다고 전해야겠군.”

아버지에게 은근슬쩍 마물 습격에 관한 힌트를 흘렸지만, 그다지 진지하게 받아주지는 않았다.

그럴 수밖에. 습격 사실은 나밖에 모른다. 그것을 여기서 말한다고 누가 믿겠는가.

그렇기에…… 나는 홀로 지킬 수 있을 만큼 강해진 것이다.

그리고 나와 아버지는 집으로 돌아왔다.

집으로 돌아오는 동안 아버지는 만나는 사람마다 숲의 상황을 전하고 숲에 다가가지 말라고 했으나, 그 정도의 주의는 의미가 없었다.

“다녀왔어요.”

“에릭, 어서 와.”

“나 왔어!”

“당신…….”

“세, 셀레나……? 왜 그래?”

"또 이런 시간부터 에릭을 숲에 끌고 갔어……?"

어머니가 아버지에게 화내는 것을 보고 나는 인기척을 없애며 자리를 피했다. 거기 있으면 내게도 불똥이 튄다. 아버지, 용서해줘.

숲에서는 땀을 흘리지 않았지만, 아침 훈련으로 땀을 흘려서 수건을 찾으려고 세면장으로 갔다.

세면장에는 막 일어났는지 티나가 게슴츠레한 눈으로 이를 닦고 있었다.

"티나 누나, 잘 잤어?"

"응~ 안녕~ 자, 수건."

"고마워."

티나는 항상 아침 훈련을 끝마친 내게 이렇게 물로 적신 수건을 준비해줬다.

아침에 잘 일어나지 못하면서도 항상 수건을 준비해주는 티나는 좋은 누나라고 생각했다. 피는 이어지지 않았지만.

나는 얼굴과 몸을 대충 닦았고, 티나는 양치를 끝내고 찬물로 얼굴을 씻어 잠에서 깬 뒤 거실로 갔다.

거실에서는 잔소리를 마친 어머니와 살짝 기가 죽은 아버지가 이미 아침 식사를 준비하고 앉아 있었다.

"잘 잤니, 티나. 오늘도 우리 집에서 먹고 가렴."

"네. 항상 고마워요."

"괜찮아. 에릭도 너희 집에 자주 놀러 가잖니."

어머니 말대로 나도 티나 집에 자주 갔다. 뭐, 티나가 초대해서 가는 경우가 대부분이었지만.

티나네 집에 놀러 가면 높은 확률로 티나의 방에서 함께 자고 아침을 그곳에서 먹었다.

그래서 티나가 우리 집에서 잘 때는 어머니가 티나의 아침까지 준비했다.

나와 티나는 탁상에 앉아 아침을 먹었다.

"아, 어머니. 더 먹어도 돼요?"

"어머, 에릭이 웬일이니? 숲에서 많이 움직였어?"

어머니는 그러면서 아버지를 흘겨봤다. 아버지가 눈치를 보며 커다란 몸을 움츠렸다.

"아니, 그런 건 아니고. 아침 훈련을 오래 했더니 배고파서요."

"그래? 알았어. 많이 먹어."

어머니는 내 그릇에 밥을 고봉으로 담아줬다. 이렇게 많이 줄 줄은 몰랐지만, 싱글벙글 웃으며 밥을 주는 어머니에게 말하기도 미안하니까 전부 먹자.

이따가 마물이 습격해 오면 점심을 먹을 여유는 없을 것이다. 지금 점심까지 든든하게 먹어 둬야지.

"에릭, 무슨 일 있어?"

"응? 아니, 그냥 배가 고파서."

평소와 다른 행동을 하는 내가 이상했던 걸까? 티나가 그렇게 물었다.

나는 들키지 않게 태연한 척하며 아침밥을 먹었다.

평소의 배는 먹은 나는 마당으로 나와 또 훈련을 시작했다.

훈련보다는 마지막 컨디션 점검이라고 해야 할까?

검을 휘둘러 집중력을 높였다. 옆에 있는 티나는 역시 내가 평소와는 다르다는 것을 눈치챘는지 묵묵히 나를 바라봤다.

한 시간쯤 지나서 나는 훈련을 그만두고 숨을 돌렸다.

티나가 나에게 다가와 마법으로 축인 시원한 수건을 건넸다.

“고마워, 티나 누나.”

“아니야. 그런데 에릭, 무슨 일 있어?”

“아무 일도 없는데?”

지금은, 이라는 말은 목구멍으로 삼키고 수건으로 얼굴을 닦았다.

내 딴에는 평소대로 행동한다고 생각했지만, 티나에게는 여전히 의심을 사고 있었다.

“에릭, 티나. 마을에 인사하러 가자~.”

집에서 나온 어머니가 마당에 있는 우리에게 소리쳤다.

“알았어요!”

나는 대답하면서 긴장감을 키웠다.

—드디어, 왔다.

마을에는 아이가 나와 티나밖에 없어서, 주민들은 우리의 성장을 마치 친부모처럼 지켜봤다.

그래서 언제나 생일 다음 날은 마을 사람이 모두 모여 나와 티나의 생일을 축하했다.

지금부터 아버지와 어머니, 그리고 티나와 함께 마을 중심에 있는 광장으로 가서 마을 잔치를 벌일 것이다.

그리고 그 잔치 도중에 마물이 쳐들어온다.

나는 허리에 검을 차는 것을 잊지 않고 어머니에게로 갔다.

그리고…….

“하하하! 마침내 우리 아들이 열여섯 살이 됐다! 이런 경사가 어디 있나! 이것도 다 너희 덕분이다! 고맙다!”

아버지가 광장 한가운데서 연설처럼 떠들었다.

주역인 나는 처음에 가운데서 인사하고 사람들에게 음식이나 음료를 얻어먹었지만, 다들 술이 들어가면서부터 나는 안중에도 없어졌다.

늘 있는 일이었다. 그 덕분에 나는 구석에서 그 술판을 바라볼 수 있었다.

아버지, 어머니, 그리고 티나, 모두 웃는 얼굴로 내 생일을 축하했다.

다들 이 평화로운 일상이 무너지리라고는 눈곱만큼도 생각하지 않으리라.

나도 몰랐다……. 쭉 이 행복이 이어지리라 믿었다.

그러나 오로지 나만이 이 행복이 무너질 것을 안다.

그렇다면…… 내가 지킬 수밖에 없다.

천천히, 누구에게도 들키지 않게 광장을 떠났다.

그리고 홀로 숲으로 걸어갔다.

숲 앞에서 이때를 위해 준비한 칼을 뽑았다.

눈을 감고 기척을 감지한 지 몇 분 후, 그때가 왔다.

신경을 곤두세우지 않아도 알 수 있을 만큼 땅을 울리며 마물 수백 마리가 마을 쪽으로 몰려오고 있었다.

눈을 뜨자 숲에서 잔뜩 흥분한 온갖 마물들이 내 쪽으로 달려오는 것이 보였다.

"역시…… 뭔가 이유가 있어."

보통은 마물도 서로 종족이 다르면 영역 다툼 따위로 싸우는 경우가 잦다.

하지만 지금 저 앞에 있는 마물들은 여러 종족이 하나로 뭉쳐 일제히 마을을 덮치려고 하고 있었다.

"생각은 나중에 해……. 어차피 할 일은 같아."

"어디서든 덤벼. ……이 마을은 내가 지킨다!"

◇ ◇ ◇

오늘은 에릭의 생일 이튿날.

어제는 가족끼리 축하하고 오늘은 마을 전체가 에릭의 생일을 축하하려고 광장에 모였다.

매년 나와 에릭의 생일 다음 날은 축하를 위한 잔치가 벌어졌다.

이 마을에는 다른 아이가 없어서 사람들은 우리를 아들과 딸, 손주처럼 봐줬다.

언제나 따뜻한 눈길로 바라보는 터라 조금 쑥스럽지만, 역시 사람들의 축하는 기뻤다.

에릭도 언제나 민망한 표정을 짓지만, 기분이 썩 나쁘지는 않아 보였다. ……응? 그런데 에릭은 어디 있지?

나는 주위를 돌아보며 찾았지만, 마을 사람들이 술과 음식을 먹는 모습만 보이고 에릭은 어디에도 보이지 않았다.

"아줌마, 에릭은요?"

"어머? 그러고 보니 안 보이네? 화장실이라도 갔나?"

셀레나 아줌마에게 물어도 모른다고 했다.

어디 갔지?

……왠지 불길한 예감이 든다.

에릭이 생일 축하 중에 빠져나간 적은 한 번도 없었다. 떠날 때도 나나 아줌마에게 한마디는 하고 갔다.

그런데 오늘은 누구에게도 말하지 않고 사라졌다.

그러고 보니 어제부터 에릭의 상태가 이상했다.

어제도 마음이 다른 곳에 가 있었고, 우리가 축하할 때도 딴생각에 빠진 듯 보였다.

오늘 아침밥도 평소와 달리 한 그릇 더 먹었고, 아침 훈련에서 검을 휘두를 때도 뭔가 이상했다.

죽음에서 돌아와, 모든 것을 구하고자 최강에 도달한다
1권 발매 기념 초판한정 특별 부록
[NOT FOR SALE]
©2019 shiryu / SHOGAKUKAN Illustrated by teshima nari
NOVEL

평소보다 눈매가 날카롭고 어딘지 모르게 살벌한 기운이 느껴졌다.

여기로 올 때도 무슨 이유인지 진검을 차고 있었다.

훈련 도중이라서 실수로 들고 온 줄 알았으나, 검을 항상 신중하게 다루는 에릭이 그런 실수를 할까?

내가 당황해서 에릭을 찾으러 갈지 고민하는데, 마을 사람들의 상태가 이상한 것을 알아챘다.

무슨 일인지 침착하게 주변 상황을 살폈다. 어디선가 땅이 울리는 소리가 들렸다.

처음에는 가끔 일어나는 지진인가 했지만, 땅 자체는 별로 흔들리지 않았다. 그냥 멀리서 소리가 들릴 뿐이었다.

그때, 누군가가 숲 위쪽을 가리키며 말했다.

"야…… 저거 뭐야?"

그 사람이 가리킨 방향을 보자…… 흙먼지가 피어오르고 있었다.

마을에서 100미터쯤 떨어진 곳에서 날리는 흙먼지였다. 지금 들리는 땅울림과 관련됐다는 것은 명백했다.

"……?! 저 먼지는 설마……?!"

조금 전까지 술을 마시고 흥에 취해 있던 디안 아저씨가 눈을 크게 뜨며 외쳤다.

"마물 폭주! 스탬피드다! 짐 싸서 도망쳐!"

고함소리에도 사람들은 굳어서 바로 움직이지 못했다. 나도 상황을 파악하지 못하고 얼어 버렸다.

"디안 씨, 스탬피드가 뭔데요?!"

누가 아저씨에게 설명을 요구하자 아저씨도 마음이 급한지 버럭 소리쳤다.

"마물 떼가 마을로 몰려온다고! 빨리 도망쳐! 시간 없어!"

아저씨의 대답을 듣고 그제야 다들 움직이기 시작했다. 사람들은 허둥지둥 짐을 챙기러 집으로 돌아갔다.

나도 바로 집으로 돌아가려고 했지만, 어떤 사실을 깨닫고 디안 아저씨 쪽으로 달렸다.

"아저씨! 에릭이 없어요!"

"뭐?! 어디 갔는데?!"

"몰라요! 좀 전부터 안 보여요!"

아저씨는 놀라서 굳어 버렸지만, 곧 정신을 차렸다.

"티나, 넌 집에 가서 가족이랑 도망쳐! 에릭은 내가 찾아가마!"

"나도 같이 찾을래요!"

나도 에릭이 걱정돼서 아저씨에게 그렇게 말했지만, 아저씨는 고개를 저으며 나에게 지시했다.

"안 돼! 너무 위험해! 걱정하지 마, 걔는 내 아들이니까! 쉽게는 안 죽어!"

"그래도……!"

"티나, 너희 가족과 셀레나를 데리고 도망쳐라! 셀레나한테 내가 에릭을 데리고 가겠다고 전해줘!"

아저씨는 그렇게만 말하고 어딘가로 달려갔다.

어쩌지…… 에릭도 걱정되지만, 아버지랑 어머니도 걱정된다.

일단 집으로 가서 셀레나 아줌마에게 아저씨가 한 말을 전해야 해! 그러고 나서 에릭을 찾는 거야!

나는 우선 마을 광장을 빠져나와 집으로 뛰어갔다.

광장을 나와 얼마 안 있어 우리 집과 에릭의 집이 보였다. 집 앞에는 피난 준비를 거의 마친 아버지와 어머니, 그리고 셀레나 아줌마가 있었다.

"티나! 빨리 도망쳐야 해!"

"티나, 에릭이랑 우리 그이는?"

셀레나 아줌마는 에릭과 디안 아저씨가 나와 함께 있다고 생각했는지 그렇게 물었다.

"에릭이 없어져서 디안 아저씨가 찾으러 갔어요! 아줌마는 우리랑 같이 도망치래요!"

"그랬니……. 알았어. 그럼 우리도 같이 도망치자!"

"나는 에릭을 찾으러 갈게!"

"허튼소리 하지 마! 디안 씨한테 맡겨!"

언제나 차분하고 화내지 않던 아버지의 호통에 나는 그만 주눅 들어 버렸다.

"그래도……!"

"괜찮아, 티나. 그이한테 맡기렴. 게다가 에릭도 바로 돌아오겠지."

아줌마가 다정하게 다독이듯 말했다.

"……네."

"좋아. 그럼 짐 챙겨. 마물이 오는 반대 방향으로 가자! 다른 사람들도 다 거기서 합류할 거야!"

발걸음이 떨어지지 않았지만, 나는 부모님과 아줌마와 함께 도망가기로 했다.

하지만 우리가 도망치려고 마을 어귀까지 가자 그곳에는 마을 사람들이 도망치지 않고 머물러 있었다.

처음에는 무슨 일인지 몰랐지만, 가까이 가서 왜 도망치지 않는지…… 아니, 왜 도망치지 못하는지 깨달았다.

"이 벽은 뭐야?! 이러면 도망을 못 가잖아!"

그곳에는 약 3미터 높이의 벽이 있었다. 그것은 마물 침입을 막기 위해 설치된 울타리 바깥쪽에 서 있었다.

다 낡은 울타리보다 튼튼하다는 것은 얼핏 봐도 알 수 있었다. 심지어 마을 전체를 전부 에워싼 것 같았다. 이래서는 도망칠 수 없다.

"누가 이런 짓을!"

그렇게 말하며 남자들이 밭을 가는 괭이로 벽을 부수려고 했지만 꿈쩍도 하지 않았다.

"안 돼, 안 부서져!"

"설마 이대로 갇힌 채로 마물한테……."

누가 불안에 못 이겨 중얼거리자 공포가 전염된 것처럼 모두 허둥거리기 시작했다.

나도 무서워서 다리가 후들거렸다.

◇ ◇ ◇

"헉…… 헉……!"

나는 지금, 마물 무리 한복판에서 싸우고 있었다.

피가 튀고 목이 날아간다.

사지가 잘리고, 상하로 나뉘고, 정수리부터 반으로 쪼개진다.

사방이 시체였다.

발밑은 거대한 피 웅덩이가 되었고, 시체가 쌓여 땅을 딛을 수 없었다.

그 참상을 만들어 낸 나도 제법 상처가 생겼다.

마물 수백 마리를 상대하려면 이 정도 부상은 불가피했다.

"크! 『셰이드 소드』!"

싸우면서 모은 마력으로 마법을 쐈다.

명중한 마물은 두 동강 나고 그 뒤에 있는 마물 다섯 마리도 신체 일부가 날아갔다.

여덟 살에 숲에서 레드 베어에게 쓴 것과 같은 마법이지만, 그날 이후 나는 마법 연습 시간을 두 배로 늘렸다.

그 무렵에 비하면 마법의 위력은 상당히 강해졌다.

하지만 이렇게 많은 마물을 죽여도 아직 숲 속에서는 마물이 물밀 듯 쏟아져 나왔다.

지금 나는 일주일 전부터 준비한, 마을을 둘러싸는 벽 앞에서 싸우고 있었다.

이 벽은 내가 마법으로 신호하면 순식간에 땅에서 솟아오르는 구조였다.

마을을 둘러싼 벽을 만든 이유는 마물이 한 마리도 마을로 들어가지 못하게 막기 위해서.

그리고 마을에서 아무도 도망가지 못하게 하기 위해서였다.

마물 무리가 오는 반대 방향으로 도망쳐도 숲에 다른 마물이 있을지도 모른다.

그래서 마을 밖으로 도망치면 전원 무사하기는 어렵다고 생각했다.

그리고 벽을 등진 덕분에 공격이 앞에서만 오므로 싸우기도 편했다.

전생에서 360도로 날아드는 활과 마법을 피하며 싸웠을 때에 비하면 말이다.

하지만, 유리한 지형에서 싸워도 성가시기 짝이 없는 마물이 있었다.

"젠장, 또 왔어!"

나는 그 마물을 공격하려고 뛰어올랐다. 그리고 베어 죽인 것은 나이트 버드 세 마리.

성가신 마물이란, 바로 이 나이트 버드였다.

벽은 높이가 3미터밖에 되지 않았다. 날아다니는 마물에게 이따위 벽은 있으나마나였다.

한 마리도 놓치고 싶지 않은 나는 이 녀석들이 나올 때마다 일일이 뛰어올라 공격해야 했다.

이것들 자체는 큰 위협이 아니었다. 칼로 베면 쉽게 죽으니까.

문제는 그다음이었다.

공중에서는 행동이 제한되는 탓에, 체공 중이거나 착지하는 순간 마물에게 공격받으면 대책이 없었다.

이 싸움에서 공격받는 순간은 딱 그때뿐이었다.

"……으윽?!"

내가 공중에서 떨어지던 도중에 왼팔에 날카로운 통증이 퍼졌다.

퍼뜩 돌아보자 늑대 마물이 내 왼팔을 물고 있었다.

내 시야 밖에서 뛰어들어 문 것 같았다.

왼팔을 문 늑대의 정수리에 칼을 쑤셔 박았다.

그리고 옆으로 쫙 뻗어 늑대 마물을 날려 버렸다.

꽤 깊이 물렸는지 상처에서 피가 멈추지 않았다.

"헉…… 헉……!"

착지하자마자 나는 벽을 등지고 마물과 대치했다. 그러나 한순간, 나는 처음으로 벽에 몸을 기대고 말았다.

—벌써 뻗어서 어쩌자고!

전부 지키겠다고 맹세했잖아!

이 정도로 힘들어하면 넌 아무것도 못 해!

"……난 절대로 지면 안 돼!"

벽에서 몸을 떼고 마물 무리에게 돌격…… 하려던 그때.

"에리이이이익! 어디 있냐아아아!"

벽 너머, 그러니까 마을 안에서 익숙한 아버지의 목소리가 들렸다.

아마 사라진 나를 찾으러 왔겠지.

지금 대답하면 아버지는 무슨 수를 써서라도 이쪽으로 넘어올 것이다.

아버지는 강하지만, 몇 년 전부터는 내가 더 강해졌다.

만에 하나 아버지가 죽으면 내가 이번 생에서 한 맹세, 아무도 죽게 하지 않겠다는 맹세는 물거품이 된다.

그러니까 나는 이곳에서 홀로 묵묵히 싸워야 한다.

그렇게 생각하고 나는 다가오는 마물에게 검을 휘둘러 양단했다.

“검이 공기를 가르는 이 소리…… 에릭, 거기 있지!”

뭐?! 그것만으로 알았다고?!

내가 놀라서 굳어 버렸을 때, 늑대 마물이 땅에 바싹 붙은 낮은 자세로 달려들었다.

그 녀석의 몸을 베자 단말마 비명이 터져 나왔다.

“역시 있군! 에릭! 너 맞지!”

마물의 비명이 결정타였다. 내가 여기 있다는 사실을 들키고 말았다.

젠장, 목을 벴으면 비명도 못 질렀을 텐데 잠깐 경직한 탓에 그러지 못했다.

아버지는 벽을 쾅쾅 때리며 말을 걸었다.

“허억…… 있어요, 아버지.”

어쩔 수 없이 아버지에게 대답했다.

“에릭! 왜 벽 밖에 있어?!”

"……내가 이 벽을 만들었으니까요."

나와 아버지는 벽을 낀 채 대화했다.

벽을 만든 것이 나라는 것을 들키고 싶지는 않았지만, 아마 이미 티나에게는 들켰을 테니까 아버지에게 털어놔도 상관없겠지.

"뭐? 네가 만들어? 아니, 그보다 에릭, 지금 너 혼자 싸우는 거냐?!"

"네, 맞아요!"

덤벼드는 마물을 해치우며 대답했다.

아버지는 벽보다 나를 먼저 생각해주고 있었다.

"나도 싸우마! 이 벽을 부술 테니까 기다려!"

"아버지, 잠깐! 벽을 부수면 마물이 마을로 들어가잖아요! 그건 절대로 안 돼요!"

이곳만 부수면 마물을 막아주던 방벽이 이번에는 도망칠 수 없는 우리가 된다.

그런 사태만은 반드시 피해야 했다.

"큿, 그럼 어떡하려고?!"

"나 혼자서도 괜찮아요. 아버지는 다른 사람들이 무사한지나 보러 가요."

아마 어머니라면 당황한 사람들을 달래고 있을 것이다.

아버지는 아직 벽 너머에 있나 보지만, 말이 없어서 무슨 생각을 하는지 알 수 없었다.

또 나이트 버드가 하늘을 날아 벽을 넘으려고 해서 점프해 베었다.

나 정도의 도약력이 있으면 벽을 뛰어넘겠지만, 아버지는 그렇게 몸이 가볍지 않았다.

착지하던 나는 또 마물에게 공격받았다.

이번에는 킬러 앤트라는 거대한 개미 같은 마물이 날카로운 발톱으로 등을 찔렀다.

"크!"

통증을 참으며 팔을 휘둘러 킬러 앤트를 두 동강 냈다.

그리고 다시 벽을 등지고 숨을 골랐다.

그러자 벽 안쪽에서 아버지의 발소리가 멀어지는 것이 들렸다.

그러면 돼, 아버지.

나는 걱정 안 해도 돼.

어머니와 티나를 반드시 지켜줘.

그리고 나는 또 각오를 다지고 마물과 싸우려는데…….

멀어지던 발소리가 다시 가까워졌다.

그것도 아주 빠르게, 벽을 들이받을 기세로.

"우오오오오오오오오!"

아버지의 함성이 들렸다.

설마…… 벽을 부수려고?!

"아버지, 하지 마!"

나는 소리쳤지만, 아버지는 멈출 기미가 없었고…….

"……으랏차!"

아버지의 기합 소리가 들렸지만, 내 뒤에 있는 벽이 부서진 기색은 없었다.

아버지는 뭘 한 거야?

그렇게 생각한 것도 잠시뿐…….

땅에 거대한 그림자가 드리워져있어 고개를 들었더니…… 아버지의 엉덩이가 있었다.

"무슨, 으악?!"

멍하게 있다가 맞을 뻔했지만, 반사적으로 몸을 피했다.

"아야야…… 좋아, 성공했군!"

엉덩이부터 착지해 요란한 소리와 흙먼지를 일으킨 아버지는 엉덩이를 문지르며 일어났다.

벽을 부수지 않고 넘어올 줄은 몰라서 잠깐 얼떨떨했으나, 곧 나는 소리쳤다.

"뭐, 뭐 하러 왔어요, 아버지!"

"당연히 가세하러 왔지!"

"안 그래도 된다고 했잖아요! 그리고 검은 어디 갔어요?!"

아버지가 넘어오기는 했으나, 애용하는 대검이 보이지 않았다.

"네가 벽을 부수지 말라고 해서 대검을 땅에 꽂아 발판으로 썼지."

"뭐라고요? 어, 어쩌자고 그런 짓을……."

아버지는 이쪽으로 넘어오려고 유일한 무기를 두고 왔다고 하신다.

그럴 거면 왜 넘어왔어?!

"윽?! 아버지!"

"음?"

아버지가 나를 보고 떠드느라 정신이 팔린 사이 아버지 뒤에서 늑대 마물이 달려들었다.

안 돼, 늦었어!

아버지가 죽는다……!

"……흡!"

그렇게 생각했으나, 아버지는 돌아보며 휘두른 주먹으로 늑대의 안면을 후려쳐 날려 버렸다.

"이게 무슨……."

나는 예상을 뛰어넘는 아버지의 강력함에 말문이 막혔다.

"흥! 내 무기는 이 육체야! 대검이 없어도 난 싸울 수 있다, 에릭!"

아버지는 육체미를 자랑하듯 포즈를 잡았다.

……이런 점만 아니면 존경할 텐데.

"아버지, 장난치지 마요. 계속 오잖아요."

"헹, 이까짓 게 뭔 대수라고! 육탄전으로 나랑 맞짱을 붙으려면 레드 베어 다섯 마리는 와야지!"

"그럼 맞짱이 아니잖아."

계속해서 몰려오는 마물을 나는 검으로 베어 넘기고, 아버지는 타격으로 날려 버렸다.

아버지의 공격으로 죽지 않은 마물도 많았지만, 대개는 일격에 죽거나 기절했다.

아버지는 전생에서 이 마물 무리를 상대하다가 돌아가셨으니까 이렇게 강한 줄은 미처 몰랐는데…… 나도 사람 보는 안목이 없다.

"아버지도 믿을 만한데."

"응?! 지금 뭐라고 했어?!"

"아무 말도 안 했어요!"

나는 아버지에게 외치며 검을 휘둘렀다.

또 마물을 베고 물러나는데, 아버지도 같은 타이밍에 뒤로 물러났다.

내 등과 아버지의 등이 맞닿았다. 나는 조금 전 벽에 기댔을 때처럼 나도 모르게 살짝 체중을 실었다.

"왜 그러냐, 에릭! 지쳤으면 쉬어도 돼!"

"하, 아버지 나이부터 생각해요. 난 아직 팔팔하니까."

벽에 기댔을 때와는 달리 아버지의 등에는 안심이 되었다.

―전생에서 마지막으로 본 아버지의 모습은 우리를 지키기 위해 마물 무리에게 맞서는 뒷모습이었지.

지금 아버지는 그 넓은 등을 내게 맡겼다.

그렇게 생각하니 무의식중에 입꼬리가 올라갔다.

"아버지……. 등 뒤를 지켜줘요."

"그래, 아들아……. 내 뒤는 네가 지켜라."

물론이지.

그때는 바라볼 수밖에 없었던 그 등을…… 이번에는 내가 반드시 지킬게요, 아버지.

"하하하! 더 팍팍 덤벼, 이 자식들아!"

"아버지, 조용히 싸우면 안 돼요?"

아버지가 벽을 넘어오고 수십 분이 지났다.

나와 아버지는 등을 맞대고 아직도 마물과의 싸움을 이어가고 있었다.

나 혼자일 때와는 비교도 되지 않게 싸우기 수월했다.

땅에 있는 마물을 해치우는데 또 나이트 버드가 날아왔다.

"아버지!"

"오냐! 다녀와라, 에릭!"

나는 아버지에게 신호하고 빠르게 점프해 뛨다.

세 마리를 한 번에 잡은 뒤, 그대로 중력에 사로잡혀 떨어졌다.

혼자일 때는 이 체공 시간이 가장 위험했지만…….

"……너희 상대는 나다!"

내가 착지할 때까지 아버지가 마물을 유인해주는 덕분에 아무 탈 없이 나이트 버드들을 해치울 수 있었다.

그리고 착지한 뒤에는 바로 아버지를 엄호했다.

아버지도 만능은 아니라서 조금 전부터 유인하는 동안 몇 번이나 공격당해 피를 흘렸다.

나는 아버지 뒤에 있는 고블린과 코볼트를 처리했다.

"아버지, 힘들면 쉬어도 되는데요?"

"입은 살았구나, 에릭! 난 아직 말짱해!"

"그럼 다행이고요."

등을 맞대고 말을 나눈 뒤, 또 곧바로 전투에 들어갔다.

이미 한 시간은 싸웠다.

마물 수도 눈에 띄게 줄었다.

이제 방심만 하지 않으면 질 리는 없으리라.

하지만, 나는 이때가 되어서야 어떤 의문을 느꼈다.

분명히 마물의 수는 많았다.

두 명이 내리 한 시간을 싸워 겨우 전멸할까 말까했다.

하지만 마물의 힘은 별로 강하지 않았다.

조금 강한 마물도 있기는 있었지만, 수가 적고 결국 칼 한 방에 죽었다.

아버지도 대검만 있으면 쉽게 잡을 것이다.

나는 전생에서 아버지가 이 무리에게 죽었다는 이유로 아버지를 과소평가했었다.

하지만 지금 아버지가 싸우는 모습을 보니, 대검이 있으면 혼자서도 괜찮을 것 같았다.

아버지와 다른 사냥꾼의 실력 차가 어느 정도인지 모르지만, 아버지 혼자라면 방심하지 않는 한 이 마물들에게 당하지 않았으리라.

하지만 전생에서 아버지는 죽었고, 마을의 생존자는 나 한 명이었다.

지금 생각하면 그것도 이상했다.

이 많은 마물에게 습격당했으니 모두 죽어도 이상할 게 없다고 생각했지만, 아버지가 막았다면 오히려 전멸하기가 어려웠다.

뭔가…… 내가 모르는 사실이 있나?

"……에릭!"

"응?!"

생각에 빠진 사이 뒤에서 마물이 달려들어 반응이 조금 늦었다.

당했다, 라고 생각했지만 아슬아슬하게 끼어든 아버지가 마물을 쳐냈다.

"괜찮아?!"

"미안해요, 아버지. 고마워요."

"방심하지 마라, 에릭! 얼마 안 남았어!"

"네. 이제 괜찮아요."

위험했다. 딴생각을 하느라 주의력이 부족했다.

지금은 일단 눈앞의 마물에 집중하자.

나는 생각을 그만두고 검을 그저 빠르게 휘두르기 위해서 움직였다.

—싸움이 시작되고 얼마나 시간이 지났을까?

아버지도 나도 숨이 턱까지 차오른 상태로 마물을 죽였다.

수백 마리에 달하던 마물도 이제는 한 손으로 꼽을 정도만 남았다.

나는 지칠 대로 지친 몸에 힘을 넣지…… 않고 최대한 힘을 빼서 상대가 달려들기를 기다렸다.

카테라 몽키라는 원숭이 마물이 멈춰 있는 나에게 날카로운 손톱을 휘갈겼다.

나는 최소한의 동작으로 공격을 피하는 동시에 원숭이의 몸을 벴다.

그리고 그대로 뒤에 있는 카테라 몽키의 목도 함께 떨어뜨렸다.

나는 아버지가 오고 조금 냉정해져서 스스로 공격하지 않고 적이 오기를 기다렸다가 반격하는 식으로 싸웠다.

직접 공세에 나서면 그만큼 지치므로 기다리는 편이 체력을 아낄 수 있었다.

아버지는 그런 기술이 없어서 스스로 공격하러 나섰다.

그리고 마침내 아버지가 마지막 한 마리를 주먹으로 날렸다.

"좋았어어! 봤냐, 이 자식들아!"

환호성 지르는 아버지를 보고 나도 겨우 끝났다는 실감이 들었다.

"아버지, 수고했어요."

"너도 수고했다, 에릭! 네가 없었으면 위험했을 거야!"

"내가 할 말이지. 아버지가 안 왔으면 위험했을지도 몰라요."

실제로 아버지가 온 뒤로 나는 한 번도 공격당하지 않았다.

그만큼 전투가 안정적이었고, 정신적으로도 편했다.

"그러냐! 그럼 이건 우리 부자의 승리군!"

아버지가 나에게 주먹을 내밀었다.

얼굴은 피로에 절었지만, 웃음은 더없이 상쾌했다.

전생에서는 등과 험악한 얼굴을 마지막으로 보지 못한 웃음이었다.

나는 성취감을 느끼며 아버지와 똑같이 주먹을 쥐고…….

"……승리의 여운에 잠기기는 이르지."

아버지의 주먹과 부딪히려는 그때, 바로 옆에서 남자의 낮은 목소리가 들렸다.

"뭐야?!"

그 소리를 낸 자에게서 살기를 감지한 나는 바로 임전 태세를 갖추려고 뒤로 물러났지만…… 아버지는 반응이 조금 늦었다.

"차앗!"

"컥?!"

아버지가 걷어차여 날아갔다.

그리고 날아간 곳에는 내가 만든 벽이 있었다.

아버지는 그대로 벽에 격돌했고, 무너진 벽의 잔해와 흙먼지 속으로 사라졌다.

"아버지!"

아버지가 날아간 쪽을 보고 외쳤다.

그 벽은 마물에게 무너지지 않도록 지금 내 능력으로 최대한 견고하게 만들었다.

그것이 아버지와 부딪치고 무너졌다. 얼마나 강한 발차기로, 얼마나 빠르게 부딪쳐야 그럴 수 있을까?

"한눈을 팔아?"

내가 아버지를 보고 소리치는 사이 아버지를 찬 녀석은 내 코앞까지 와 있었다.

"……얕보지 마."

하지만 예상한 바다. 접근한 남자의 목을 노리고 신속하게 검을 날린다.

—죽어라.

"큭…… 방금 건 위험할 뻔했어. 아슬아슬했군."

그러나 녀석은 내게 바싹 접근한 상태에서 간발의 차이로 검을 피하고는 내 공격권에서 벗어났다.

이 녀석, 빠르다.

내가 먼저 움직였는데 그 공격을 눈으로 보고 반응해 아슬아슬하게나마 피해 버렸다.

전생의 경험을 이어받은 나는 기습 상대를 역공할 자신이 있었다. 하지만 상대가 더 빨라서 죽이지 못했다.

거리가 벌어지고 마침내 녀석의 전체 모습이 눈에 들어왔다.

목소리로도 알 수 있었지만 성별은 남자.

키는 나보다 조금 큰 수준.

올백으로 넘긴 검은 머리.

검정으로 통일된 호화로운 옷.

놈은 가뜩이나 악당 같은 얼굴로 잔인하게 히죽댔다.

"강하군. 지금 날려 버린 인간보다 훨씬 강해."

남자의 말에 퍼뜩 아버지가 날아간 곳을 봤다.

흙으로 만든 벽이 무너져 아직 먼지가 자욱해서 아버지는 보이지 않았다.

아버지에게 달려가고 싶지만, 녀석이 보고만 있지는 않을 것이다.

"넌 누구냐?"

"나? 흠…… 이걸 보면 알겠나?"

남자는 한 번 눈을 감았다가 떴다.

그러자 특징이 없던 눈이…… 붉게 물들었다.

조금 전까지 검었던 눈이 새빨갛게 물들어 피를 연상케 하는 색으로 변했다.

"그 눈, 마족인가?"

"정답이야."

남자가 히죽 웃으며 답했다.

이 세상에는 다양한 종족이 살고 있었다.

그중에 마족은 마력을 다룰 때나 싸울 때 눈이 붉게 변하는 특징이 있었다.

"알긴 아는군. 이런 촌구석에 사는 놈이."

"그래. 너희에 관해선 잘 알지."

전생에서 몇 번이나 너희 마족과 싸웠다.

마족은 일부를 제외하면 호전적인 자가 많았다.

특히 마족의 왕이 호전적이라서 다양한 종족의 나라에 전쟁을 걸었다.

나는 그런 전쟁을 여러 번 목격해서 마족을 알고 있었다.

게다가 내가 너희를 잘 아는 이유가 그것만은 아니지.

—내가 사랑한 여자, 이레네도 마족이었으니까.

"그러는 마족인 넌 이런 촌구석에 무슨 볼일이야?"

"곧 죽을 네가 알아서 뭐 하겠냐마는, 저승길 선물로 알려줄까?"

"아, 그러셔? 친절하기도 하셔라."

"이 마을 가까이 있는 베고니아 왕국을 우리나라가 칠 거다. 그래서 이 마을을 거점으로 삼아 준비하려는 거지."

"그랬군."

그렇다면 이 녀석의 나라는 호전적인 마족의 나라라는 소리다.

이 녀석도 싸움을 좋아하게 생겼다.

"나는 이 마을을 파괴하라고 명령받았어. 귀찮아서 마물로 정리할 생각이었는데, 설마 이런 촌구석 마을에 너 같은 녀석이 있을 줄은 몰랐군. 조금은 재밌겠어."

"역시 호전적이군."

생각한 대로였다.

그렇다면 전생에서 아버지가 죽은 것도, 마을에 생존자가 없던 것도 이 녀석 탓이라는 말이다.

이 녀석이 아버지를 죽이고 주민들을 죽인 거다.

그나저나, 마음에 들지 않는군.

"아까부터 당연히 네가 이긴다는 식으로 말하는데, 난 안 져."

나는 살기를 뿌리며 칼끝을 남자에게 디밀었다.

"하, 다 죽어 가면서 입은 살았군."

"……."

"내가 지금 나온 이유가 그거지. 네가 만전의 상태였다면 나도 고전했을지 모르겠지만, 너는 조금 전까지 마물과 싸우느라 걸레짝이 됐어."

분하지만 남자의 말대로 내 몸은 흘린 피로 범벅이었다.

마물에게 물린 팔은 욱신거리고 아직 피도 멎지 않았다.

"나는 머리를 쓸 줄 알거든. 적의 힘을 빼놓고 싸우지. 그리고 약한 녀석부터 잡는 것도 사냥의 철칙이야."

"……누가 약하다는 거냐?!"

남자의 말꼬리를 붙잡듯 내 뒤에서 고함이 들렸다.

돌아보자 아버지가 머리에서 피를 흘리며 이쪽으로 오고 있었다.

그 눈은 아직 포기하지 않았고, 남자를 날카롭게 노려봤다.

"고맙다, 인마! 네 덕분에, 대검으로 싸울 수 있어!"

아버지는 어깨에 대검을 지고 다가왔다.

아까 날아간 덕분에, 벽을 넘을 때 두고 온 대검을 회수한 것 같았다.

"아버지, 싸울 수 있겠어요?"

"너 혼자 싸우게 둘 수 없지! 나는 아직 팔팔하다, 에릭!"

—나 참, 세상에 이렇게 듬직한 아버지가 또 있을까.

"죽진 마요, 아버지."

"누구한테 하는 소리냐! 나는 사나이 중의 사나이다!"

"비틀대는 아저씨가 허세는. 좋아, 둘이 동시에 덤벼. ……사이좋게 저세상으로 보내주마."

◇ ◇ ◇

우리가 벽에 가로막혀 도망치지 못한 지 한 시간이 경과했다.

처음에는 다들 허둥댔지만, 셀레나 아줌마의 한마디로 평정을 되찾은 후로는 각자 집으로 돌아가 물건을 더 챙기거나 가족끼리 모여 벽 쪽에 앉아 있었다.

디안 아저씨의 동료 사냥꾼이 어떻게든 벽을 부수려고 해 봤으나, 괭이로 쳐도 벽은 꿈쩍하지 않아서 지금은 포기해 버렸다.

"이런 큰 벽이 어디서 솟아난 거야?"

"몰라. 안다고 우리가 뭘 어쩌겠어. 디안 씨라면 부술 수 있겠지만, 아마 마물과 싸우고 계시겠지."

조금 전 마을 사람들이 집으로 돌아갈 때 사냥꾼들이 디안 아저씨를 보러 갔더니, 벽 너머에서 디안 아저씨의 목소리가 들렸다고 했다.

"아마 에릭도 같이 싸우고 있을 텐데, 괜찮을까?"

"나라고 알겠나? 믿고 기다리는 수밖에 없지."

그 사람들도 가세하려고 했지만 벽을 뛰어넘지도 못하고, 격렬한 전투 소리로 보아 자신들이 있어도 방해만 되리라고 생각한 모양이었다.

그래서 긴급 사태에 대비해 디안 아저씨를 제외한 사냥꾼들은 이곳에서 무장하고 대기 중이었다.

"우리는 에릭한테도 못 당해. 틀림없이 발목만 잡을 거야."

"하긴. 이제 마을에서 에릭한테 이길 사람은 디안 씨 정도겠지."

사냥꾼들은 전에 디안 아저씨의 제안으로 에릭과 1대 1 시합을 벌인 적이 있었다.

그때 다들 형편없이 당하고 에릭의 힘을 절실히 깨달았다고 한다.

그러나 그 후, 셀레나 아줌마에게 에릭과 시합을 벌인 사실이 들통 나서 디안 아저씨와 사냥꾼들, 그리고 에릭까지 된통 혼이 났다.

……내 생각에는 역시 셀레나 아줌마가 제일 강한 것 같다.

"에릭은 괜찮을까 몰라. 그이랑 같이 싸운다니까 걱정이야."

셀레나 아줌마가 가슴에 손을 모으고 조금 전부터 어렴풋한 소리가 들려오는 방향을 보며 말했다.

"괜찮아요. 항상 훈련하니까 에릭은 강하잖아요."

"그렇지……. 티나가 하는 말이니까 괜찮을 거야."

셀레나 아줌마는 그렇게 말하며 미소 지었다.

나에게 걱정을 끼치지 않으려고 억지로 웃는 느낌이지만, 나는 정말로 괜찮다고 생각했다.

사냥꾼들은 모르지만, 그들이 모두 패배한 뒤 에릭은 디안 아저씨와도 1대 1 시합을 벌였다.

그리고 이긴 사람은 에릭이었다.

그러니까 이 마을에서 에릭을 이길 사람은…… 셀레나 아줌마뿐이었다.

하지만 얼마 전에 에릭은 내가 마법을 더 잘 쓴다고 말했다.

나는 무척 기뻤지만, 에릭은 어째선지 착잡한 표정이었다.

아마 내가 늦게 시작했는데 더 잘하니까 분해서 그러는 것이겠지.
에릭은 그런 아이 같은 면이 귀여웠다.
그리고 집으로 돌아갔던 사람들이 다시 벽으로 모이기 시작했을 무렵…….
마물이 오던 방향에서 엄청나게 큰 폭발음 같은 것이 들렸다.
"뭐, 뭐야?!"
"저 소리는?! 설마 벽이 무너졌나?!"
큰 소리가 들리자 또 사람들은 패닉에 빠질 뻔했다.
"다들 침착해! 디안 씨와 에릭이 싸우고 있어! 아마 그 소리일 거야!"
"그래도 지금까지 저런 소리는 안 났잖아!"
"역시 무슨 일이 생긴 거야……."
불안이 입에서 입으로 퍼져 나갔다.
"다들……."
셀레나 아줌마가 조용히, 하지만 왠지 모두에게 들리는 뼈 있는 말을 했다.
"……우리 남편과 에릭을 못 믿어요?"
아줌마는 미소를 곁들여 말했지만, 우리에게는 협박처럼 들렸다.
역시 이 마을에서 제일 강한 사람은 셀레나 아줌마라고 믿게 되는 웃음이었다.
"안 믿는 사람, 없죠?"
"아, 아무렴! 물론 믿고말고! 너희도 그렇지?!"
좀 전까지 불안에 떨던 사람들이 황급히 고개를 끄덕였다.

"그렇죠? 그럼 괜찮겠네."

셀레나 아줌마는 정체 모를 위압감을 누그러뜨리고 겨우 평범한 웃음으로 돌아왔다.

그 웃음을 보고 사람들도 안도했다.

그래도 나는 안다.

아줌마는 억지로 참고 있다.

두 사람이 가장 걱정되고 가장 불안한 사람은 아줌마죠?

역시 아줌마는 대단하다.

그렇게 생각했지만, 조금 전 소리를 듣고 나만 깨달은 사실이 있었다.

그것은 분명히 벽이 무너지는 소리였다.

벽을 만지자 벽에 꽉 차 있던 에릭의 마력이 불안정해진 것이 느껴졌다.

에릭과 마법을 연습한 나밖에 모르지만, 에릭과 아저씨에게 무슨 일이 일어났다……!

나는 사람들이 눈치채지 못하도록 자리를 떴다.

다행히 나는 에릭과 훈련해서 인기척 없애기는 나름대로 익숙했다.

가끔씩 숲으로 가기도 했으니까.

내가 뭘 할 수 있을지 모르지만, 조금이라도 에릭에게, 동생에게 힘이 되어주고 싶어……!

기다려, 에릭!

◇ ◇ ◇

“타앗!”

“흡!”

나와 아버지는 마족에게 협공을 가하려고 좌우에서 파고들었다.

“느려.”

마족 남자는 내가 뒤꿈치 힘줄을 노리고 휘두른 검과 아버지가 목을 노리고 휘두른 대검 사이로 몸을 옆으로 눕히고 뛰어 피했다.

나는 다음 공격으로 이어가려고 재빨리 손목을 뒤집어 남자의 배를 노렸지만, 미리 파악했는지 아니면 눈으로 보고 반응했는지 남자는 쉽사리 칼로 내 공격을 막았다.

그리고 내 배에 발차기를 꽂았다.

“큭!”

나는 위력을 줄이려고 뒤로 뛰었다.

놈의 뒤에서 아버지가 대검으로 공격했으나, 이번에도 가볍게 피해 버리고 오히려 등을 칼로 벴다.

“크아!”

아버지는 베인 충격으로 그대로 내 옆까지 굴러왔다.

“아버지, 괜찮아요?!”

“헉, 헉…… 뭘 이런 걸 가지고…….”

아버지는 숨이 차서 말이 뚝뚝 끊겼다.

이 녀석과 싸우기 전의 기운은 온데간데없이 사라졌다.

"약하네, 아저씨. 내 공격을 못 피했지? 지금까지 강자와 싸우지 못했다는 증거야. 경험이 없어."

남자는 우리를 깔보며 말했다.

분명히 아버지는 이 녀석의 공격을 못 피했다.

지금까지 마을에 출몰하던 마물은 모두 아버지의 대검 한 방이면 정리됐다.

마을에서 살며 마물하고만 싸운 아버지가 이 남자의 공격을 못 피하는 것은 어쩌면 당연했다.

그만큼 이 남자는 전투에 익숙했다.

"하지만 신기하군. 이런 마을에 저 녀석처럼 전투에 익숙한 인간이 있다니. 천부적 재능인가?"

남자는 그렇게 추측했지만, 나는 전생에서 셀 수 없이 싸웠다. 전투에 익숙할 수밖에 없었다.

하지만 나도 한 시간 동안 마물과 싸운 피로로 몸이 둔해졌다.

특히 아버지는 나보다 많이 움직여서 이미 한계에 달한 몸을 채찍질하며 싸우고 있었다.

"그렇게 마물과 싸우고도 여력이 있는 건 솔직히 감탄스럽군. 하지만 이제 끝내야지."

그러더니 놈은 우리에게로 손바닥을 내밀었다.

—위험하다!

"『셰이드 소드』."

남자가 그 이름을 외자 우리를 향해 보이지 않는 바람 칼날이 날

아들었다.

"아버지, 옆으로 뛰어요!"

나와 내 목소리에 반응한 아버지는 각자 좌우로 뛰었다.

나는 빠르게 반응했지만, 발목까지 마법이 닿아 격통이 퍼졌다.

그러나 나보다 늦게 반응한 아버지는 허벅지까지 마법에 먹혀 인상을 찌푸렸다.

나와 같은 마법을 쓰지만, 저 녀석 쪽이 규모가 컸다.

이게 마력에 따른 마법의 차이였다.

"크악?! 제기랄……!"

"아버지, 피해요!"

"늦었어. ……뒈져라."

쓰러진 아버지에게 번개처럼 접근한 남자가 칼을 휘둘렀고, 아버지의 오른쪽 어깨부터 왼쪽 배에 걸쳐 선혈이 뿜어져 나왔다.

"아버지이이! 젠장, 비켜!"

"어이쿠."

나는 발이 아프건 말건 땅을 박차고 아버지 곁에 있는 남자에게 검을 휘둘렀지만, 그는 피해 버리고 거리를 벌렸다.

"아버지! 정신 차려요!"

나는 쓰러진 아버지를 안아 일으키고 상처를 살폈다.

제법 깊이 베였지만, 아직 죽지는 않았다.

하지만 빨리 조치하지 않으면 위험하다.

문제는 지금 내 눈앞에 있는 자가 그럴 여유를 줄 리 없다는 것이었다.

젠장! 어떻게 하지……!

나는 또 아무것도 못 하고 잃는 건가……?!

"……에릭!"

갑자기 익숙한 목소리가 들렸다. 고개를 들자 무너진 벽 쪽에 티나가 서 있었다.

"티나! 여긴 왜 왔어?!"

그렇게 물어도 티나는 아무 대답도 없이 다가왔다.

"엉? 그 여자는 또 뭐야?"

남자는 얼굴을 찡그리며 말하지만, 아직 공격할 기색은 없었다.

"디안 아저씨! 이 상처……!"

티나는 아버지의 상처를 보고 새파랗게 질렸다.

"잠깐만 있어요, 아저씨! 지금……."

"티나, 기다려!"

나는 티나의 입을 막아 말을 멈췄다.

입을 막고 「티나 누나」라고 부르지 않았다는 사실을 깨달았지만, 지금은 그런 것을 신경 쓸 상황이 아니었다.

티나는 나보다 마법에 능숙했다. 내가 훈련으로 숲에 가서 다치면 마법으로 고쳐주기도 했다.

티나라면 아버지의 상처를 고칠 수 있을지도 몰랐다.

하지만 저 남자가 그 사실을 알면 분명히 티나를 노릴 것이다.

"아버지를 데리고 도망가! 저 녀석은 내가 해치울 테니까!"

나는 남자에게 들리도록 일부러 크게 외치고 목소리를 죽여 티나에게 말했다.

"마법을 쓰지 말고 아버지를 끌고 가. 저 녀석이 못 보는 곳까지 가서 마법을 써줘."

내 지시가 들리기는 했나 보지만, 티나는 불안하게 나를 봤다.

"하지만 나, 이렇게 큰 상처는 고쳐 본 적 없어……."

"괜찮아. 티나라면 할 수 있어. 부탁할게!"

내가 작게, 하지만 또렷하게 말하자 티나는 살짝 고개를 끄덕였다.

"……알았어. 에릭도 죽지 마."

그 말을 듣고 일어난 나는 티나와 아버지 앞에서 남자와 대치했다.

"괜찮아! 아버지를 데리고 도망쳐, 티나!"

티나는 아버지의 팔을 잡아끌어 이곳을 빠져나갔다.

아버지는 덩치가 커서 무겁겠지만, 티나는 종종 나와 함께 훈련해서 웬만한 소녀보다는 힘이 있을 것이다.

"어이, 너. 그 인간 두고 가. 괴롭게 살려 두면 불쌍하잖아!"

남자가 티나를 죽이려고 무시무시한 속도로 접근했다.

"……어딜 가!"

나는 티나와 남자 사이에 끼어들어 그가 휘두른 칼을 막았다.

"네 상대는 나다."

나는 막은 칼을 미끄러뜨려 상대의 자세가 흐트러진 찰나 다시 검을 휘둘렀다.

그러나 자세가 흐트러져도 그는 아슬아슬하게 피해 버렸다.

그리고 일단 재정비를 위해 거리를 두었을 때는 이미 아버지와 티나가 사라진 뒤였다.

"흥, 상관없지. 그 아저씨는 이미 틀렸어. 어차피 얼마 못 가."

남자는 히죽댔다.

이 녀석은 티나가 마법을 쓴다고는 생각지도 못하겠지.

마법을 쓰면 그 정도 중상이라도 해결될지도 모른다.

"그래? 그럼 난 더 피해가 커지지 않게 너를 여기서 죽여야겠어."

"헹, 할 수 있으면 해 봐. 너만 죽이면 이딴 촌구석 마을을 함락하는 건 일도 아니지."

"그렇게는 안 돼. 나는 지키기 위해 태어났으니까."

—아버지를 부탁할게, 티나 누나.

나는 마음속으로 중얼거리고 남자에게로 달려갔다.

◇ ◇ ◇

"헉, 헉, 읏차……!"

나는 피투성이가 되어 기절한 디안 아저씨를 끌고 있었다.

에릭이 있는 곳에서 무슨 일이 생겼다고 직감해 가보니, 웬 남자와 에릭이 대치하고 있었다.

그리고 에릭 뒤에는 아저씨가 쓰러져 있었다. 나는 당장 치료하려고 했지만, 에릭은 그런 나를 저지했다.

아마 그 자리에서 마법을 썼다면 내가 그 남자의 표적이 되지 않았을까.

하지만 얼핏 봤을 때 에릭도 발을 다쳐서 도저히 싸울 수 있는 상태가 아니었다.

“좋아. 여기까지 오면, 괜찮아……!”

에릭과 그 남자가 싸우던 곳에서 충분히 멀어졌다.

금속과 금속이 충돌하는 소리가 연속해서 끊임없이 들렸다.

어서 아저씨를 치료하고 에릭한테 가야 해!

마법이라면 에릭을 도울 수 있을 테니까!

그러기 위해서라도 우선 아저씨부터 제대로 치료하자!

나는 아저씨를 땅에 똑바로 눕혔다.

가장 큰 상처는 어깨에서 옆구리로 베인 상처.

그곳에서 피가 철철 흘러넘쳤다.

빨리 지혈하지 않으면 피를 너무 흘려서 아저씨가 죽을 거야!

나는 마력을 담아 마법을 구사했다.

“『큐어(치유)』.”

아저씨의 몸 주위로 빛의 막이 생기고 빛이 아저씨를 치료했다.

전에 에릭에게 배운 회복 마법이다. 지금까지 이런 큰 상처를 고친 적 없으니까 할 수 있을지 불안하지만……!

나는 전력으로 마력을 다루어 마법의 질을 높이려고 집중했다.

지금까지 마법은 대충해도 발동되는 것이라고 생각했다.

실제로 그다지 집중하지 않아도 쉽게 됐으니까.

그 사실을 에릭에게 전하자 왠지 에릭은 복잡한 표정을 지었다.

그때 더 열심히 집중해서 연습할 걸 그랬다며 지금이 되어서 후회가 밀려왔다.

그래도 지금은 지금 할 수 있는 최선을 다해 디안 아저씨를 구해야 한다!

그렇게 생각하고 마력을 구사해 회복 마법을 계속 유지하자, 차차 상처가 아무는 모습이 눈에 보였다.

좋아! 이 속도라면 10분이면 모든 상처가 낫겠어!

에릭, 기다려!

내가 꼭 구하러 갈게!

◇ ◇ ◇

"하하! 이제 좀 재밌군!"

마족 남자가 내 주위를 종횡무진 누비며 사방에서 공격해 들어왔다.

"허억, 허억…… 재미는, 개뿔!"

나는 그 공격을 검으로 흘리거나 몸을 비틀며 간발의 차로 피했다.

"뭐야! 너 혼자 싸우는 편이 더 세잖아!"

조금 전부터 고속으로 이동하느라 남자는 그림자밖에 보이지 않았지만, 주위에서 들리는 목소리는 희열에 차 있었다.

"혼자 남으면 약할 줄 알았는데 너도 참 별난 놈이야!"

"칭찬해도 안 기뻐!"

떠들면 위치를 파악하기 쉬워서 숨은 가쁘지만 입은 계속 움직였다.

뒤에서 칼로 베는 공격을 아슬아슬하게 피하고 역공을 시도했지만, 녀석도 내 칼을 아슬아슬하게 피해 버렸다.

"내 공격을 이만큼 견디는 녀석은 우리나라에도 없어!"

그렇게 말한 남자는 한 번 공격을 멈출 생각인지 내 앞에 멈춰 섰다.

내 쪽에서 공격하고 싶지만, 나는 지금 회피에 전념하며 체력 회복을 꾀하는 중이었다.

"여기서 이런 인재를 만날 줄은 꿈에도 몰랐어. 너, 나랑 같이 가자!"

"……뭐라는 거야?"

나는 그 말뜻을 이해하지 못했다.

"우리나라는 능력주의야. 한낱 평민이었던 나는 출세하기 위해 계속 강해졌지. 그리고 지금은 차기 국왕의 자리까지 올라왔어!"

"……."

나는 그의 이야기를 묵묵히 들었다.

"이번 전쟁을 지휘해 베고니아 왕국을 멸망시키면 비로소 나는 왕이 돼. 그러니까 내 부하가 돼라! 네 힘이라면 나의 대리인, 부왕(副王)이 될 자질이 있어. 그런 만신창이가 되어서도 나와 겨룰 수 있는 녀석은 우리나라에도 없거든!"

"흠, 나는 인간족인데?"

"마족 사회는 약육강식. 너 정도로 강하면 종족 따위 문제 삼지 않아.”

남자는 왠지 열성적으로 나를 스카우트하려고 했다.

“우리나라는 나 말고 인재가 너무 없어. 하지만 네가 오면 앞으로도 충분히 싸워 볼 만해. 어떠냐? 나랑 같이 갈 생각 없어?”

“……내가 너를 따라가겠다고 하면, 당장 뭐부터 할 거지?”

남자는 내 마음이 동했다고 생각했는지, 비릿하게 웃으며 설명했다.

“우선 이 마을을 쓸어버려야지! 그리고…….”

“……좋아. 그것만 들어도 충분해.”

나는 조금이라도 이야기를 끌어 보려고 했지만, 그 말을 들으면 끊지 않을 수 없었다.

“미안하군. 매력적인 제안이었지만, 교섭 결렬이야.”

남자는 내 말을 듣고 노골적으로 아니꼬운 표정을 지었다.

“뭐가 불만이야? 이 마을? 너 정도 힘을 가진 인간이 연연할 가치도 없는 촌 동네잖아. 아니면 그 여자 때문인가? 그깟 보잘것없는 여자는 버려. 우리나라에 오면 여자는 원하는 만큼 줄 테니까.”

“……입 좀 다물어, 너.”

나의 억누를 수 없는 분노와 살기에 남자가 할 말을 잃고 우물대는 것이 보였다.

“내가 목숨을 걸고 지키겠다고 맹세한 이 마을을 네가 쓸어버리겠다고 말한 순간, 내 대답은 정해진 거야.”

“……그러냐? 아쉽구만, 정말 아쉬워. 너 같은 자를 이런 곳에서 죽여야 한다는 게.”

내가 더 이야기할 생각이 없다는 의지를 보이자 그도 전투 준비에 들어갔다.

조금 전까지 나는 이 녀석의 공격을 피해 카운터만 노렸다. 하지만 이번에는 내 쪽에서 움직였다.

지금까지는 체력을 회복하려고 지구전으로 끌고 갔으나, 이 녀석을 해치우려면 단숨에 공격해 단기 결전을 노릴 수밖에 없었다.

이 마족은 강하다.

전생에서 셀 수 없이 많은 사투를 벌였어도 1대 1로 이토록 고전한 싸움은 처음이었다.

지금까지 싸웠던 자 중에서 이만큼 강한 자는 한 손으로 꼽을 정도였다.

그렇게 강한 적이건만, 나는 전생만큼 몸이 성숙하지 않았고 체력도 거의 바닥났다.

상식적으로 계산하면 나는 이 녀석에게 못 이긴다.

하지만, 내게는 전생보다 몇 배나 강해진 능력이 있었다.

나는 달려 나가는 동시에 지금까지 모았던 마력을 해방했다.

"음?! 그 마력량은?!"

남자는 달려오는 나를 정면에서 받아치려고 했나 보지만, 내 마력 해방을 본 순간 낯빛을 바꿨다.

나는 만약을 위해서 약 한 시간 동안 마력을 모았다.

몸속에 모은 마력은 어지간한 숙련자가 아니면 감지하지 못한다.

나는 마력을 검에 불어넣었다.

이대로 공격하면 이 검은 녀석의 검을 절단하고 그대로 몸까지 베어 버릴 것이다.

하지만 녀석은 자신의 위험을 알아차렸는지, 내 검을 방어하지 않고 회피에만 전념했다.

녀석은 살짝 초조한 얼굴로 거리를 벌리려고 했다.

역시 검을 맞대지 않기로 작정한 모양이었다.

그러나 나도 그것을 허락할 정도로 바보는 아니었다.

나는 검에 두른 마력을 마법으로 전환했다.

전염(纏炎)
불 속성 중급 마법, 『브레이브 히트』.

불이 검을 감싸고 칼끝에서 뻗은 불길이 칼 길이를 두 배로 늘렸다.

"크……!"

남자가 더 초조해진 표정으로 도망치려고 했지만, 놓치지 않는다.

이 화염 검은 그저 길이만 길어진 것이 아니었다.

나는 녀석에게 검을 휘둘렀다.

놈은 지금까지 내 검을 아슬아슬하게 피해 왔다.

간발의 차로 피하던 검이 배로 늘어나면 아무리 녀석이라도 피하지 못한다.

그리고 화염의 칼날이 놈의 몸에 닿은 순간, 내 눈앞에서 대폭발이 일었다.

『브레이브 히트』는 물체에 불을 둘러 공격하는 마법이다.

그리고 그 불이 닿은 순간 상대방을 휩싸는 폭발을 일으킨다.
이것은 중급 마법 중에서도 특별히 다루기 어려운 마법이었다.
조금이라도 마력 조작을 잘못하면 자신도 폭발에 휘말릴 위험이 있었다.
그렇지만 잘만 다루면 그 난이도에 걸맞은 위력을 발휘했다.
조금 전 폭발이라면 제아무리 그 남자가 강해도 부사하지 못할 것이다.
나는 남자를 놓치지 않도록 아직 연기가 걷히지 않은 전방을 주시했다.
그리고, 연기가 흔들리며 남자가 튀어나왔다.
나는 그것을 보고 한 번 더 파고들어 공격하려고 했지만…… 발이 움직이지 않았다.
"크……!"
마법을 써서 체력을 빼앗겼고 지금까지 입은 상처로 발이 한계에 달한 것 같았다.
그 틈을 놓칠세라, 놈은 내 배에 발을 꽂았다.
나는 이번 전투에서 처음으로 정통으로 공격당해 벽으로 날아갔다.
내 등에 충격이 퍼지고, 머리가 울리는 통증과 함께 몸이 땅에 떨어졌다.
이거, 위험하다……. 지금 충격으로 내장 몇 곳을 당했다.
이 감각은 전생에서 몇 번이나 맛본 적 있다…….
"망할 자식! 어디서 개수작이야……!"

남자는 타 버린 옷을 보고 손으로 그을음을 털었다.

얼굴과 몸에서 흐르는 피를 보면 피해는 입었나 보지만, 그다지 깊은 상처는 아닌 듯했다.

"내가 제일 아끼는 옷을……!"

그 공격을 받고도 화낼 포인트가 그거냐.

그거 말고도 있잖아.

나는 그런 생각을 하면서 일어서려고 했지만, 몸에 힘이 들어가지 않았다.

"여자를 만나야 해서 제일 아끼는 옷을 입고 왔단 말이야. 이렇게 싸울 줄은 몰랐는데, 재수도 없지……."

올백으로 넘긴 머리도 흐트러져 남자는 양손으로 머리를 쓸어 올렸다.

네가 여자를 만나든 말든 나랑 무슨 상관이야.

어서 일어나. 일어나지 않으면 이 녀석한테 죽는다고…….

"마을을 점령하고 빨리 돌아가서 갈아입으면 되지만, 이거보다 좋은 옷이 없는데……. 하나 사야겠군."

기회는 이 녀석이 쓸데없는 소리를 지껄이는 지금뿐이다.

금방 공격해 올 거다.

전신에 힘을 넣어 어떻게든 일어나려고 하는데…….

"그 녀석…… 이레네를 만나려면 서둘러야겠어."

—뭐?

나는 그 말을 듣고 통증도, 몸에 힘을 넣던 사실도 잊어버렸다.

"너…… 지금 뭐라고 했어?"

"응? 뭐가?"

남자는 아직 일어서지 못하는 나를 내려다보다가 지금 한 말을 돌이켜보듯 턱을 만지며 고개를 위로 들었다.

"서둘러야겠다?"

"그 전에……."

"여자를 만나야 한다?"

"그래……. 그 여자 이름이 뭐라고?"

너무 지쳐서 어쩌면 잘못 들었는지도 모른다고 생각했지만…….

"……이레네, 라고 하지."

잘못 듣지 않았다. 이 녀석은 내 전생의 연인, 내가 사랑하는 여자의 이름을 입에 올렸다.

어떻게 된 거지?

동명이인?

"그 사람, 풀네임은……?"

"뭐야? 그렇게 내 여자가 궁금해?"

착각하지 마라. 그 여자가 내가 생각하는 사람이 아니라면 아무 관심도 없으니까.

하지만 내가 생각하는 사람이라면…….

"이레네 하루지온."

남자가 말한 여자의 이름은, 내가 꿈에서도 그리던 여성과 같은 이름이었다.

이번 생에서도 몇 번이나 이레네를 그리워했던가.

몇 번 그 이름을 불렀던가.

몇 번 그 미소를 그리워했던가.

"네가 왜 그 사람과……."

"내가 그걸 왜 말해줘야 해? ……뭐, 상관은 없으려나? 비밀이지만 어차피 죽을 놈이고. 내 자랑거리기도 하니까 들려주마."

그러더니 남자는 히죽거리며 이레네와의 관계를 말했다.

"그 여자, 이레네는 우리나라 현 국왕의 외동딸이다."

안다.

"내가 왕으로 즉위할 때 이레네와 결혼하기로 되어 있지. 이건 아직 국민에게도 밝히지 않은 사항이라서 사실 발설하면 안 되지만, 너야 곧 죽을 테니까 말해도 문제없겠지."

남자는 이미 나에게 이겼다고 확신하고, 그리고 차기 국왕이 되리라고 확신하고 이야기를 계속했다.

"이레네라는 여자가 참 멋진 여자거든."

안다.

"나이는 아직 열여섯밖에 안 됐지만, 앞으로 더 아름다워질 거라고 생각하면 아무 문제도 없어."

안다. 이레네는 나와 동갑이다.

"왕녀인데 요리도 할 줄 알고 싸움도 강하지. 그야말로 완벽한 여자야.”

안다. 이레네의 햄버그스테이크는 세계 제일이다.

“게다가 그 몸…….”

“……닥쳐.”

더 들어줄 수 없었다.

시시덕거리며 떠들던 남자는 내 말을 듣고 입을 다물었다.

이 녀석 입에서 이레네의 이야기가 나오는 것이 마음에 안 들었다.

“그러고 보니 못 들었군. 네 이름을……”

“뭐? 이제 와서?”

“그리고 너희 나라 이름도 말해.”

“저승길 선물을 많이도 챙기는군. 그래도 널 죽일 남자의 이름 정도는 알려주마.”

그는 아직 주저앉아 있는 나를 내려다보며 말했다.

“나는 하루지온 왕국 차기 국왕, 펠릭스 글라디오다. 죽어서도 이 이름을 잊지 마. 넌…… 에릭이라고 했었나? 아까 그 아저씨가 그렇게 불렀지.”

아버지가 내 이름을 불러서 따로 소개하지 않아도 이 녀석은 이미 나를 알고 있었다.

그나저나 글라디오 왕국의 펠릭스라…….

마족은 왕이 바뀌면 나라의 이름도 바뀐다.

이 녀석이 왕이 되는 날, 녀석의 나라에 자신의 이름을 붙인다.

그렇다. 나는 알고 있다.

왜냐하면…… 이 녀석이 내가 사랑하는 사람, 이레네를 죽였으니까.

전생에서 이레네에게 들은 기억이 있었다.

이레네는 원치 않는 혼인이 결정되어 나라에서 도망쳤다고.

그리고 자신이 도망쳐서 화가 난 남자에게 지금도 쫓기고 있다고.

그 이야기를 들었을 때 반드시 이레네를 지키겠노라 맹세했다.

나와 이레네는 서로를 사랑했다. 결혼은 미처 하지 못했지만, 어디든 평화로운 나라가 있으면 결혼하려고 했었다.

하지만…… 내가 눈을 뗀 사이 이레네는 끌려가고 말았다.

그리고 전생의 내가 목숨을 끊은 그날.

이레네는 또 그 남자에게서 도망치려고 했지만 그는 군대를 동원해 이레네를 추적했고, 그 황야에서 이레네를 죽이고야 말았다.

나는…… 늦었다.

이레네가 죽고, 나도 절망 속에서 스스로 목숨을 끊었다.

그 모든 원흉이 지금 내 앞에 선 남자…… 펠릭스였다.

나는 지금까지 느낀 적 없는 살기가 끓어올랐다.

이 자식, 이 자식이다! 바로 이 자식이!!

내가 사랑한 이레네를 죽였다!

분노와 살기로 통증이 가신 몸을 혹사해서 벽에 등을 맡기며 일어섰다.

벽……? 그러고 보니 이 녀석에게 차여서 벽에 부딪쳤었지.

아버지가 날아갔을 때는 벽이 무너질 정도의 위력이었는데 이번에는 벽이 부서지지 않았다.

그래, 역시 너도 몸이 성하지는 않다, 이거지?

내가 움직이지 못할 만큼 마력을 담은 공격이었다.

오히려 그만큼 팔팔한 게 용하다.

그 사실을 깨닫고 살기와 분노를 가라앉혀 냉성하게 머리를 굴렸다.

감정에 휘둘려서 이길 상대가 아니었다.

나는 일어나서 살짝 놀라는 펠릭스를 노려봤다.

"아직 일어날 힘이 남았나? 역시 너는 여기서 죽이기 아까워. 생각을 고칠 마음은 없나? 너는 더 강해질 수 있어."

"나불대지 마. 네 입에서 나올 건 단말마 비명이면 충분해."

"아, 그래? 그럼 나도 됐어. 죽여주마."

나와 펠릭스는 한순간 서로를 노려보고, 동시에 돌진해 칼을 맞댔다.

◇ ◇ ◇

나는 아직 마법으로 디안 아저씨를 치료하고 있었다.

아저씨의 상처는 거의 다 아물었다.

그래도 피를 너무 많이 흘려서 위험한 상태임은 변함이 없었다.

"에릭⋯⋯ 괜찮을까?"

조금 전 에릭과 남자가 싸우던 방향에서 폭음이 들렸다.

하지만 아마 에릭이 쓴 마법일 것이다.

나는 에릭과 마법 연습을 하며 전에 에릭이 불 속성 마법을 연습하는 모습을 봤다.

그때도 폭발이 일었는데 아마 지금 소리는 그것일 것이다.

게다가 폭발 직전에 에릭의 마력이 단숨에 팽창하는 것이 여기까지 전해졌다.

그 폭음과 내가 느낀 마력량. 지금까지 본 적 없는 폭발이 있었던 것이 틀림없다.

그렇다면…… 에릭이 위험하다!

그런 마력을 한 번에 써 버리면 그 후 행동에 반드시 지장이 생긴다.

마력을 너무 많이 쓰면 갑자기 체력이 빠져나가 움직일 수 없기 때문이다.

나도 에릭도 경험한 적이 있었다.

그래도 에릭이 그만한 마력을 한 번에 쓰는 모습은 보지 못했다.

그 폭발로 적을 해치웠다면 상관없지만, 그러지 못했다면……!

내가 그렇게 생각하는데, 에릭이 있는 방향에서 또 금속음이 울리기 시작했다.

그 소리가 에릭과 남자의 싸움이 다시 시작됐다는 사실을 알려줬다.

하지만 에릭은 방금 마법으로 체력이 거의 바닥났을 텐데……!

가뜩이나 한 시간 이상 마물과 싸우느라 지쳤을 거다……!

나는 조급한 마음을 달래며 디안 아저씨의 치료를 계속했다.

조금만 더 있으면 모든 상처가 아물고 출혈도 멈추리라 생각한 그 때…….

"……으으, 여기는……?"

"아, 아저씨?! 깼어요?!"

아저씨가 눈을 가늘게 뜨고 힘없이 목소리를 짜냈다.

"아저씨, 괜찮아요?!"

"티나…… 아, 그 녀석은……! 윽!"

"앗, 움직이면 안 돼요!"

아저씨는 정신이 들자마자 현재 상황을 떠올렸는지 눈을 번쩍 뜨며 일어나려고 했지만, 통증이 퍼져 그러지 못했다.

나는 마법을 발동하며 아저씨를 조심히 눌러 눕혔다.

"아저씨, 자칫 잘못하면 죽었을 거예요. 안정을 취하세요!"

"에릭은…… 티나, 에릭은 어디 있어?"

아저씨는 누운 채로 내 눈을 바라보며 물었다.

나는 살짝 눈을 돌리고 솔직하게 답했다.

"에릭은, 그 사람이랑 싸우고 있어요."

"큭! 젠장, 이러고 있을 때가 아냐! 나도…… 으윽!"

"움직이지 마시라니까요, 아저씨!"

일어나려던 아저씨는 휘청거리더니 도로 풀썩 주저앉았다.

이미 마법으로 고칠 곳은 모두 고쳤고 아저씨의 상처는 아물었다. 하지만 또 싸우러 가면 정말로 죽을지도 몰랐다.

"아저씨는 여기 있어요! 제가 갈 거니까!"

"티나, 네가……?! 어떻게 널 혼자 보내!"

아저씨는 내 의견에 반대했지만, 중환자인 아저씨를 보낼 바에야 내가 가는 편이 훨씬 낫다!

그렇게 생각해서 설득해 보았지만, 아저씨는 좀처럼 고집을 꺾지 않았다.

"이봐! 거기!"

"무슨 일 있었어?!"

나와 디안 아저씨가 옥신각신하는 사이 마을 쪽에서 남자 두 명이 다가왔다.

디안 아저씨의 동료 사냥꾼들이었다.

"뭔가 폭발하는 소리가 들려서 와 봤더니……."

"디, 디안 씨?! 그 피는 다 뭐예요?!"

한 사람이 디안 아저씨의 옷에 묻은 피를 보고 화들짝 놀랐다.

상처투성이였던 탓에 옷은 피로 흠뻑 젖어 얼핏 보아도 크게 다친 사람 같았다.

실제로 조금 전까지는 그랬지만, 내가 고친 줄 모르는 두 사람은 지금도 디안 아저씨가 죽어 간다고 생각했다.

"세상에! 디안 씨, 이러다 죽겠어!"

"어이, 넌 사람들한테 돌아가서 치료 도구를 받아와! 내가 응급처치를 할 테니까!"

"알았어!"

"아, 아니, 야! 이거 이미 나았……."

사정을 듣지도 않고 행동하는 두 사람 때문에 디안 아저씨도 당황했다.

이때가 기회다…….

"저는 에릭을 구하러 갈게요! 디안 아저씨를 지켜줘요!"

"앗, 티나, 거기 서! 야, 너희도! 난 괜찮다니까!"

"피가 이렇게 나는데 무슨 소립니까!"

아저씨가 제지하는 소리를 무시하고 나는 에릭이 싸우는 곳으로 서둘러 달렸다.

빨리 가지 않으면 에릭이 위험해……!

◇ ◇ ◇

"하아아아압!"

"으랴아아아!"

나는 기합을 내지르는 남자, 펠릭스에게 돌격해 검을 휘둘렀다.

펠릭스도 소리치며 달려든 내 검에 맞춰 검을 휘둘렀다.

검과 검이 충돌하는 순간, 나는 검을 살짝 기울였다.

그러자 상대의 검이 내 몸에서 바깥쪽으로 빠지듯 미끄러졌다.

받아 흘리기에 성공한 나는 그대로 펠릭스의 몸을 노렸지만, 놈은 경이적인 신체 능력으로 피했다.

그리고 놈은 미끄러진 검에 다시 힘을 넣어 내 목으로 뻗었다.

나는 그럴 줄 알고 고개를 기울여 아슬아슬하게 피했다.

조금 전부터 이 녀석과 싸우면서 쭉 이런 외줄 타기만 계속되고 진전이 없었다.

나는 기량으로 이 녀석에게 앞선다.

몸을 움직이는 법, 검을 맞댔을 때 상대의 힘을 이용하는 법. 그 모든 점에서 내가 우위에 있었다.

그리고 경험.

이것도 기량만큼이나 내가 앞섰다.

나는 아직 열여섯 살에 불과하지만, 전생에서 몇 번이나 사투를 벌였다.

그 경험이 몸에 배어 힘이 되었다.

하지만 싸움에서 가장 중요하다고 해도 과언이 아닌 것은 신체 능력이었다.

이것은 상대방이 압도적으로 우세였다.

내 검을 보고 피할 정도의 동체 시력과 속도. 정면에서 검을 섞으면 내가 튕겨 날아갈 정도의 근력.

종족의 차이인지도 모르지만, 그 차이가 너무나도 컸다.

내가 상대의 행동을 파악하고 공격해도 눈으로 보고 피해 버리니 의미가 없었다.

나도 놈의 공격을 계속 피하고는 있지만, 모두 경험과 기술로 예측해 피했을 뿐이라 언제 실수할지 모른다.

그리고 내 회피와 공격은 엄청난 집중력을 요구했다.

머릿속에서 생각하며 공격하고 피하니까 솔직히 굉장히 지쳤다.
사소한 실수라도 하면 칼은 내 몸에 맞고 치명상을 준다.
펠릭스가 칼을 휘두르는 것을 보고 이번에는 검에 몸을 맡기며 맞받아쳤다.
그러자 펠릭스의 검과 충돌해 힘 싸움에 밀린 내가 날아갔지만, 처음부터 이것을 노렸기에 착지는 어렵지 않았다.
"헹, 더럽게 질기군. 바퀴벌레가 따로 없어."
"나한테는 칭찬이군……."
"욕이다, 멍청아."
펠릭스도 숨을 헐떡이며 지친 것이 눈에 보이지만, 나는 이미 서 있는 게 고작이었다.
이대로 가면 위험하다.
뭔가 돌파구를 찾지 않는 한 이 녀석에게는 아직……!
"나도 슬슬 피곤하니까 끝낼까?"
펠릭스는 또 손바닥을 내 쪽으로 내밀었다.
그에게는 아직 마법이라는 공격 수단이 남았다.
나는 이미 쓰지 못하는 수단이었다.
가능하다고 해도, 이 녀석과 내 마법에는 순수한 힘 차이가 있었다.
"아까는 피했지만, 이번에는 그렇게 안 될 거다. 광범위 마법으로 보내주마."
저번 마법보다 강한 마력이 느껴졌다.
"나는 마족 중에서 마법을 못 쓰는 편이야. 그래서 이만한 마법도 마력을 모으지 않으면 못 써. 내 유일한 약점이라고 할 수 있지만, 그걸 보완하고도 남을 위력이 있지."

내 마법보다 규모가 큰 이 녀석이라도 마족 중에서는 마법이 약한 편이라고 한다.

하긴, 이레네의 마법은 이 녀석과 비교도 되지 않게 컸지.

이레네…… 맞아, 나에게는 질 수 없는 이유가 있다.

여기서 지면 이레네는 도망자 신세가 된다.

그리고 나와 만나서…….

어……? 그렇게 따지면 내가 이레네와 만난 것은 이 녀석이 왕이 됐기 때문인가?

그렇다면 이 녀석이 왕이 되는 것도 의외로 나쁘지 않겠다.

내가 만약 여기서 도망쳐서 이 녀석이 베고니아 왕국을 멸망시키고 왕이 된다면 이레네는 나라에서 도망쳐 나와 만난다.

그게 정말로 나쁜 일인가……?

그럼 나는 도망칠 방법을 모색하는 편이…….

—그럴 리가 있냐!

머릿속에 더러운 생각이 들어찬 것을 깨닫고 자신을 질책했다.

왜 이딴 생각을 한 거야……!

내가 전생에서 어떤 기분을 맛봤는지 잊었어?!

고향이 짓밟히고 아버지, 어머니, 티나를 잃은 상실감을 잊었어?!

게다가 나는 이레네가 나라에서 도망치고 얼마나 괴롭게 살았는지도 안다!

이레네를 도망가게 하려고 그녀가 믿었던 집사와 메이드, 가족이 펠릭스에게 죽었다!

그 이야기를 내게 들려줄 때 그녀가 흘린 눈물을 잊었는가?!

이 녀석이 왕이 되지 않으면 이레네를 못 만나……?

그딴 건 알 바 아니다.

이 녀석이 왕이 되어 이레네가 슬퍼할 바에야 당장 못 만나는 편이 훨씬 낫다!

나는 그녀가, 이레네가…… 행복하다면 충분하다.

다시 결의를 굳게 다진 나는 눈앞에 선 남자를 노려봤다.

그러나 녀석의 마법은 이미 멈추지 않는다.

"자…… 이제 끝내자고. 죽어라, 『플레임 웨이브(염파(炎波))』."

시야가 불길로 뒤덮였다.

어떻게 발버둥 쳐도 피할 길이 없는, 맞을 수밖에 없는 광범위 불 속성 마법이었다.

하지만 불 속성이라면 견딜 수 있다.

내 몸을 조각내는 바람 속성 같은 것이라면 버틸 재간이 없지만, 불이라면…….

얄팍한 희망이지만, 아직은 죽을 수 없다!

나는 각오하고 열기를 들이마셔 폐가 다치지 않게 호흡을 멈췄다. 그리고 곧 닥쳐올 격통에 대비하던 그때…….

“『아이스 월(빙벽(氷壁))』!”

내 귀에 마법명이 들리고 눈앞에 얼음벽이 나타났다.

놀라서 굳어 있는데, 불과 얼음이 부딪치고 벽을 넘은 불길이 내 주위를 감쌌다.

그러나 불은 내게 닿지 않았다.

눈앞의 얼음벽이 나를 지켜줬다.

불길이 끊기고 주위 초목이 불타는 데도 얼음벽은 아직 건재했다.

이 마법은……!

기억에 있는 마법을 보고 그 마법명이 들렸던 방향을 봤다.

그곳에는 거칠게 숨을 몰아쉬고 땀을 뻘뻘 흘리면서도 내 쪽으로 손을 내밀어 마법으로 나를 지켜준 티나가 서 있었다.

“티, 나…….”

나를 놈의 마법에서 지켜준 티나는 엉망이 된 나를 보더니 비통한 표정으로 달려왔다.

“에릭! 괜찮아?!”

“헉, 헉…… 괜찮아. 고마워, 티나.”

불길에 휩싸이리라 생각하던 나는 위험이 지나갔다는 안도로 긴장이 풀렸다.

무사한 티나를 보고 안심했다는 이유도 없잖아 있겠지만.

“티나, 아버지는?”

“치료했어. 그래도 아직 위험하니까 혼자 왔어.”

“그래? 다행이야. 역시 티나 누나야.”

역시 티나에게 아버지를 맡기길 잘했다.

티나도 살짝 웃어 보였지만, 우리 정면에 있는 남자를 보고 다시 긴장한 낯빛으로 변했다.

"너는…… 아까 그 여자? 지금 마법은 네가 쓴 거냐?"

"……."

티나는 대답하지 않았다.

그가 아버지를 죽일 뻔한 상대임을 알기에 내 옆에서 살짝 겁에 질려 있었다.

그러나 굳이 답을 듣지 않아도 펠릭스도 알 것이다.

티나의 마법은 강하다.

펠릭스가 시간을 들여 마력을 모아 쓴 마법을 순간적으로 펼친 마법으로 상쇄할 정도로.

내가 이기기는 기적에 가까운 상황이었다. 하지만 티나가 있으면 승산은 몇 배, 몇십 배로 뛰어오른다.

그 마법을 쓸 수 있으면, 승리는 거의 확실하다!

"티나…… 마법은 아직 쓸 수 있겠어?"

"응, 물론이야!"

티나는 별로 지친 기색도 없이 기운차게 대답했다.

방금 저 녀석에게 베여 중상을 입은 아버지를 치료하고, 나를 불길에서 지키는 마법도 썼으면서 아직 이토록 여유로웠다.

"이렇게 위험한 여자일 줄은 몰랐군……!"

나와 티나의 대화도 들었다면 이 녀석도 티나가 얼마나 마법을 연속으로 사용할 수 있는지 알았을 것이다.

"티나, 전에 나랑 썼던 바람 마법. 그거 할 수 있겠어?"

"어? 전에 에릭이랑 썼다가 실패한 그거?"

"그래, 그거."

오래전에 나와 티나가 함께 쓴 마법이 있었다.

다루기 어렵고 처음 했을 때 실패해서 내가 다치고 말았다. 그 후로 티나가 싫어해서 연습한 적이 없었다.

그러나 그 마법이 없이는 지금 펠릭스에게 이기기 어려웠다.

"어려운 건 알아. 티나가 나를 다치게 하기 싫다는 것도 알아. 하지만 저 녀석한테 이기려면 그거밖에 없어."

"에릭……."

"괜찮아. 티나가 전보다 성장한 건 내가 알아. 나는 티나를 믿어. 그러니까 티나도 나를 믿어."

"……응, 알았어!"

티나는 결의한 눈으로 고개를 끄덕였다.

나는 그것을 보고 티나를 지키기 위해 펠릭스를 노려보며 행동을 관찰했다.

"발동할 때까지 얼마나 걸려?!"

"모으는 시간이 필요하니까…… 10초!"

정말이지, 티나는 상상을 초월한다.

"그 정도는 일도 아니지! 바로 시작해줘!"

"응!"

티나는 나에게 응답하며 눈을 감고 마력을 모았다.

티나는 내가 『브레이브 히트』를 썼을 때의 마력량을 1초 만에 넘어섰다.

펠릭스가 나에게 쏜 『플레임 웨이브』의 마력량을 2초 만에 넘어섰다.

"큭…… 야, 멈춰어어어!"

티나의 마력량을 느끼고 초조해진 펠릭스는 땅을 박차고 티나에게 달려들었다.

"누구 맘대로!"

그사이에 끼어들어 놈이 힘껏 휘두른 칼이 티나에게 맞지 않게 받아넘겼다.

"큿……!"

티나가 만약 혼자였다면 이 녀석에게 이기지 못했을 것이다.

이 녀석이 1초도 걸리지 않아 티나에게 접근해 칼을 휘두르면 끝.

하지만 내가 그렇게 두지 않는다.

"조금만 더, 나랑 있자고. 몇 초면 돼."

"다 죽어 가는 놈이이이!"

펠릭스는 마치 나를 언데드라도 되는 양 노려봤다.

사람을 뭘로 보고. 나는 그냥 인간이다.

—모든 것을 지키기 위해 과거로 돌아온 인간.

펠릭스는 그 후로도 몇 번이나 막무가내로 칼을 휘둘렀지만, 그런 냉정함을 잃은 칼에 내가 맞을 리 없었다.

공격을 전부 막거나 흘리는데 뒤에서 티나가 외쳤다.

"에릭! 다 됐어!"

"좋아, 그대로 나한테 줘!"

나는 그렇게 말하고 일단 펠릭스에게서 거리를 뒀다.

펠릭스도 티나가 무슨 짓을 할지 몰라서 섣불리 나를 공격하지 못했다.

"시작할게, 에릭!"

티나는 뒤에서 그렇게 소리치고는 나에게 두 손바닥을 내밀고 마법명을 외었다.

전람(纏嵐)
"……『브레이브 스톰』!"

내 뒤에서 잔잔한 미풍이 불었다.

……그리고 동시에 폭풍이 내 몸을 휘감았다.

머리는 위로 솟구치고 순간 붕 떠오르는 느낌과 함께 몸이 이상하리만치 가벼워졌다.

이 마법은 바람 속성 중급 마법.

내가 방금 쓴 『브레이브 히트』의 바람 속성이었다.

하지만 사용자가 다르면 위력도 효과도 전혀 달랐다.

내 불길은 아무리 용을 써도 검에 두르는 것이 한계였다.

그에 비해 티나의 마법은 내 몸 전체를 폭풍으로 감쌌다.

정말로 자신감이 떨어진다. 그래도 지금은 그 무엇보다 든든하다!

"고마워, 티나."

티나는 마법을 써서 조금 지쳤는지 숨을 헐떡거렸다.

"응……! 에릭, 힘내!"

티나의 응원에 힘입어 나는 펠릭스와 마주했다.

"그럼…… 이쪽 준비는 끝났다, 펠릭스."

내가 폭풍을 감싼 모습을 식은땀 흘리며 지켜보던 펠릭스에게 말을 걸었다.

"크, 날 깔봐?! 망할 자식!"

펠릭스는 뒷발에 힘을 넣어 나에게 돌진하려고 했다. ……그러나.

"……느려."

"윽?!"

나는 이미 펠릭스에게 바싹 접근해 있었다.

높이 든 검을 내리치자 펠릭스는 아까보다도 힘겹게 공격을 피했다.

하지만 내 검은 땅에 꽂히지 않았는데도 불구하고 공격의 여파만으로 대지를 둘로 찢어 버렸다.

갈라진 땅의 길이는 약 10미터.

티나의 바람 마법으로 내 검은 그만큼 사정거리가 늘었고 대지를 버터처럼 가르는 위력까지 겸비했다.

"용케 피했군, 펠릭스. 아니, 내 실수인가?"

바람 마법으로 너무 빨라져 내 속도를 제어하지 못했는지도 모른다.

이 정도도 제어하지 못하다니, 나도 아직 멀었다.

"쓰레기가 누굴 내려다 봐아아!"

그렇게 소리치며 펠릭스는 나에게 달려와 검을 횡으로 휘둘렀다.

조금 전 나라면 그 검을 받아 흘렸겠지만, 이번에는 정면에서 막았다.

검을 섞은 순간, 이 녀석은 내가 지금까지와 다르다는 것을 깨달았을 것이다.

지금까지 나는 이렇게 검을 막으면 힘에 밀려 날아갔지만, 지금은 달랐다.

"큭……!"

"선택을 잘못했어. 힘으로는 이길 수 있다고 생각했나?"

이 바람 마법이 특별히 힘을 키워주지는 않았다.

그러나, 어떤 힘이든 폭풍 앞에서는 무(無)로 돌아간다.

이 폭풍은 내 검에서 고속으로 회전했다.

제아무리 이 녀석이라도 힘이 응축된 내 검을 정면에서 막기란 불가능했다.

내가 검을 받아치자 펠릭스는 아무런 저항도 못 하고 자세가 무너졌다.

"아차……!"

—그 기회를 놓칠 만큼 나는 약하지 않다.

바람 마법으로 몇 배나 빨라진 속도로 이번에는 제대로 칼을 쥐어…… 벤다.

내가 검을 끝까지 벤 후, 펠릭스의 상반신이 하반신에서 나뉘어 땅으로 떨어졌다.

"허억, 허억……."

나는 방심하지 않고 놈의 상반신과 하반신을 내려다봤다.

"크흡…… 아, 졌나……."

펠릭스는 몸이 둘로 나뉘어도 아직 숨이 붙어 있었다.

입으로 피를 토하며 진심으로 아쉬워하는 목소리를 흘렸다.

"아직 살아 있어?"

"마족은, 생명력이, 강하니까."

"바퀴벌레가 따로 없군."

"비아냥거리긴……. 그래도 이래서는, 죽겠군."

펠릭스는 괴로움으로 드문드문 끊겼지만 말을 짜냈다.

"거의, 다 왔는데……. 나라 하나만 정복하면, 나는 왕이 되고, 여자도 내 것이, 됐을 텐데……."

펠릭스는 미련이 잔뜩 남은 말투였지만, 얼굴은 왠지 후련하게 웃고 있었다.

"마지막 선물로 하나 말해주지. 왕이 됐어도 여자는 못 얻어, 절대로."

"무슨 헛소리야……. 왕이 못 되는데, 그걸 어떻게 확인해?"

펠릭스는 웃으면서 그렇게 대답했다.

"나보다 강한 녀석한테, 죽게 되었으니까 됐어……. 태어나서 처음으로, 싸움이 재밌었으니까."

"그래? 그거 잘됐네."

"그래도, 저 여자가 안 나왔으면, 내가 이겼을 거다……. 분해서 하는 소리가 아니라, 사실이 그래."

나는 펠릭스의 말을 부인할 수 없었다.

확실히 그때 티나가 와주지 않았다면 나는 무조건 졌을 것이다.

"결국, 여자…… 아니, 동료 차이인가……. 나는 동료와는, 연이 없었지."

펠릭스는 그 말을 할 때만 정말로 미련이 남은 듯 웃으면서도 분한 표정을 지었다.

"아…… 이제 정말, 갈 때가 됐군……."

펠릭스가 이야기하는 동안에도 놈의 몸에서는 어마어마한 피가 흘러나와 죽음으로 다가가고 있었다.

"그럼 잘 있어라, 에릭……. 마지막 싸움, 재밌었다……."

그러면서 나를 보고 웃고는…… 펠릭스는 눈을 감았다.

놈은 마지막까지 히죽대며 떠났다.

"에릭……?"

펠릭스의 죽음을 지켜보는 내 뒤에서 티나가 말을 걸었다.

"끝났……어? 괜찮아, 에릭?"

조심조심 다가오는 티나 쪽으로 돌아서서 티나의 얼굴을 봤다.

티나는 나를 걱정하는지 불안한 표정이었다.

나는 조금 두려웠다.

상대가 우리를 죽이려고 한 적이라고 해도, 티나가 보는 앞에서 사람을 죽였다.

나를 거절할지도 모른다고 생각했다.

그래도 어쩔 수 없다. 무슨 이유든 나는 사람을 죽였다.

하지만, 눈앞에 있는 티나에게는 그런 감정은 보이지 않았다. 오로지 나에 대한 걱정뿐이었다.

그 사실을 깨닫고 안도함과 동시에 싸움의 긴장과 피로가 한 번에 몰려왔다.

몸이 앞으로 휘청 쓰러진다.

"앗! 에릭!"

쓰러지는 나를 티나가 안아서 받쳐줬다.

나를 걱정해서 연신 이름을 부르는 티나가 사랑스러워 지금은 이 따뜻함에 몸을 맡기고 싶었다.

"티나…… 고마워."

나는 티나의 귓가에 속삭이고 의식의 끈을 놓았다.

◇ ◇ ◇

에릭은 내가 다가가자 힘이 다한 것처럼 나에게로 쓰러졌다.

그리고 내 이름을 부르고 고마워한 뒤 이내 기절해 버렸다.

"에릭!"

나는 이토록 피폐해진 에릭을 처음 봤다.

어릴 적부터 에릭의 훈련을 지켜봤지만, 이렇게 지친 모습은 본 적이 없었다.

혹시 이대로 눈을 뜨지 않으면 어쩌지……!

나는 최악의 가능성을 상상하고 말았다.

어쩌면 좋지……?!

"아, 회복 마법!"

내가 할 수 있는 일을 생각해 내고 바로 에릭을 조심스럽게 눕혀서 마력을 모으기 시작했다.

오늘은 나도 마법을 계속 쓰느라 피곤했지만, 에릭에 비하면 이 정도쯤은……!

마력을 모으는 데도 체력이 필요했다.

나는 마력을 모아 호흡이 조금 거칠어진 상태로 마법을 사용했다.

"제발, 죽으면 안 돼, 에릭……!『큐어』!"

나는 자신의 몸에서 체력과 기력이 급속히 빠져나가는 느낌을 받았다.

태어난 이래 가장 큰 힘을 담은 마법이라서 이만큼 피로해질 줄은 미처 몰랐다.

"으……!"

한순간 정신이 아득해지는 느낌이 들었으나 가까스로 버텼다.

에릭의 몸에 난 상처가 점점 사라져 갔다.

아마 외상은 발을 베인 정도밖에 없을 테지만, 다친 장기는 고치려면 시간이 걸린다.

내상은 물 속성인 회복 마법이 아니면 고칠 수 없다고 전에 에릭이 말했다.

지금까지 에릭이 이렇게 내상을 입은 적이 없어서 나는 물 회복 마법을 안 배웠는데……!

자신의 무력함이 분해서 눈물이 날 것 같았다. 그래도 조금이라도 에릭의 상처를 치료하기 위해 마법을 계속 유지했다.

"하아, 하아……!"

숨이 턱까지 차올랐다.

바닥에 누운 에릭이 때때로 흐릿하게 보였다.

"에릭……! 죽지 마……!"

내가 간신히 정신을 부여잡고 마법을 쓰는데 마을 쪽에서 소리가 들렸다.

"디안 씨! 아직 움직이면 안 된다고요!"

"아들이 싸우는데 내가 누워 있어서 되겠어?! 그게 남자가 할 짓이야?!"

디안 아저씨가 두 사냥꾼의 만류를 뿌리치고 이곳까지 온 모양이었다.

"에리이이익! 난 아직 싸울 수 있다아아!"

목소리가 들리는 방향으로 고개를 돌리니 대검을 든 아저씨가 무너진 벽 쪽에 서 있었다.

"응? 그 자식은 어디 갔지……?"

"디안 씨, 에릭이 쓰러져 있어요!"

"뭐야?! 에릭, 괜찮냐?!"

"티나도 괜찮아?! 이렇게 격렬한 전투 흔적은 처음 봤어……!"

세 사람은 나와 에릭을 발견하고 다가왔다.

나는 마법을 유지하면서 사람들에게 가능한 한 사정을 설명했다.

"그 남자는, 이미 쓰러트렸어요……! 그런데 에릭이 위험해요……!"

"……! 그랬군. 알았다, 티나."

디안 아저씨는 우리 너머로 눈길을 줬다. 그곳에 널브러진 남자의 시체를 보고 상황을 파악한 모양이었다.

"티나, 마법을 써줘서 고맙다. 이제 쉬어도 돼."

디안 아저씨는 내 머리를 거칠게 만지며 말했다.

아저씨는 내가 무리하게 마법을 쓴다는 사실을 알아차린 눈치였다.

"그치만 에릭이……!"

"에릭은 괜찮아. 내 아들은 이런 일로 안 죽어. 그러니까 안심하고 눈 좀 붙여."

아직 에릭이 깨어나지도 못했는데, 나는 아저씨의 말에 왠지 마음이 놓였다.

그 때문일까, 갑자기 피로와 잠기운이 쏟아졌다.

"에릭을…… 부탁해요……."

생각보다 작은 목소리였지만, 디안 아저씨에게 확실히 전해지도록 진심을 담아 부탁했다.

"나한테 맡겨, 티나. 넌 열심히 했어."

그 목소리를 마지막으로 나도 에릭처럼 기력이 다해 정신을 잃고 말았다.

◇ ◇ ◇

나는, 약하다.

지금 내 앞에서 기절한 티나가 땅에 넘어지지 않도록 받쳐주며 생각했다.

조금 전까지 마족이라는 남자와 싸웠지만, 그 녀석과 호각으로 싸운 것은 내가 아닌 에릭이었다.

나는 그 녀석과 싸워도 아무 도움도 되지 못하고 쓰러져 버렸다.

티나가 없었으면 나는 죽었겠지.

그만큼 크게 다치고도 살아남은 것은 티나의 마법 덕분이었다.

그리고 내가 없어도 에릭은 혼자, 아니 티나와 함께 그 강한 남자를 해치웠다.

대체 누가 사나이 중의 사나이냐……!

나는 내 아들 하나 못 지키는데……!

눈앞에서 새파란 얼굴로 쓰러져 있는 에릭을 보고 나는 자신에게 화가 나서 주먹을 꽉 쥐었다.

“이봐! 얘네 옮기자! 에릭은 내가 나를게!”

“잠깐만요. 디안 씨도 중환자인데 무리하시면 안 되죠!”

“맞아요! 애들은 우리가 나를게요!”

동료 사냥꾼들에게도 걱정을 끼치다니…….

하지만 이 녀석들 말대로 나는 아직 제대로 걷지도 못했다.

이제 에릭은 몸에 근육이 붙어 무거워졌다.

지금 내가 옮기다가 행여 넘어지기라도 하면 큰일이었다.

하는 수 없지.

“그럼 내가 티나를 옮기지! 너희가 에릭을 옮겨줘!”

가벼운 티나라면 지금 나라도 옮길 수 있을 것이다.

“아니…… 디안 씨, 그런 취향이에요?”

“디안 씨, 예쁜 사모님을 두고 설마…….”

“농담 가려서 해! 죽고 싶어?!”

““죄, 죄송합니다!””

내가 열에 받쳐 소리치자 둘은 부리나케 사과했다.

이것들이 정말. 나는 셀레나밖에 모른다고.

나는 티나를 팔로 안아 들었다.

가볍다……. 나 때문에 이렇게 조그만 아이가 기절할 때까지 마법을 썼단 말인가?

내가 마을로 걸어가자 뒤에서 동료 사냥꾼이 에릭을 양옆에서 부축해 팔을 어깨에 두르고 옮겼다.

그건 그렇고…….

겨우 마음이 진정된 나는 지금까지 의아했던 부분을 생각하기 시작했다.

에릭은 왜 마물 대군과 이 남자가 올 줄 아는 것처럼 행동했을까?

마을 전체를 에워싸는 벽도 그렇다.

사전에 알지 않고서야 어떻게 준비할 수 있겠는가?

에릭은 마을에서 열린 생일잔치에서 갑자기 사라졌고, 마물 대군이 몰려왔을 때 이미 이곳에서 싸우고 있었다.

마물이 오는 방향을 알지 못하면 그렇게 빨리 대처할 수는 없었을 것이다.

그리고 과거에 비슷한 의문을 몇 번 느낀 적이 있었다.

어느 날 갑자기 에릭이 마법을 쓸 수 있다고 들었을 때, 나는 아들에게 마법 재능도 있다며 별생각 없이 기뻐했다.

하지만 마법이란 것이 누구에게 배우지 않고 터득할 수 있을 만큼 간단한 것이던가?

나는 뒤에서 기절한 채 옮겨지는 에릭을 힐끔 봤다.

에릭은, 뭘 아는 거지……?

◇ ◇ ◇

우리는 어느 도시에서 숙소를 잡았다.

평소 우리가 잡는 숙소보다 조금 고급스럽고 방음이 잘되는 곳이었다.

나와 그녀는 방 침대에 나란히 앉아 이야기했다.

"저는…… 마족이에요."

그녀는 내 얼굴을 보지 않고 눈망울을 적신 채 고백했다.

"죄송해요, 지금까지 말 안 해서……. 당신이 싫어할 거라고 생각하니 차마 말이 안 나와서……."

그녀의 몸은 미세하게 떨렸다.

나에게 할 이야기가 있다고 한 그녀는 이 숙소로 올 때까지 줄곧 불안해 보였다.

"저는 마족 하루지온 왕국…… 지금은 글라디오 왕국으로 개명했지만, 그곳의 왕녀였어요. 새로운 왕, 펠릭스 글라디오라는 분이 왕으로 즉위하면서 저는 그분과 혼인하기로 결정됐어요. 하지만 그 펠릭스라는 사람은 무척 호전적이고 선대 국왕인 아버지와 전혀 다른 사고방식을 가지셨죠."

그녀는 그때 일을 떠올리고 울먹거리며 말했다.

"저는 그분과 결혼하기 싫어서 도망친 거예요……. 그때 제가 도망치도록 도와준 아바마마와 어마마마, 메이드와 집사는…… 펠릭스에게 죽었어요……."

그녀는 입을 막고 눈물 흘리면서도 흐느끼는 목소리로 말을 이어갔다.

"저는 목숨만 부지한 채 나라에서 도망쳤지만…… 살아갈 의미를 찾지 못했어요……."

"가족과 소중한 사람들이 구해준 목숨이어서 지금까지 살아왔지만…… 계속 죽고 싶었어요. 그래도……."

볼을 적신 채 고개를 들어 옆에 있는 내 얼굴을 올려다봤다.

"……당신을 만나고…… 살아가는 즐거움…… 살아갈 의미를 찾았어요."

그녀는 내 가슴에 몸을 기대고 얼굴을 묻어 울먹이는 소리로 말했다.

"당신을, 사랑해요……! 이런 마족이라도, 당신 곁에 있을 수 있을까요?"

간절한 사랑 고백. 어린아이가 버리지 말라고 울며 애원하는 듯했다.

나는 그녀가 안심하도록 어깨를 다정하게 감싸고 부드럽게 말했다.

"나는…… 네가 마족이란 걸 알고 있었어."

"네……?"

그녀가 고개를 들고 나를 쳐다봤다. 나도 그 눈을 마주 봤다.

"전에 마물과 싸울 때, 네 눈이 붉게 변하는 걸 봤어."

"그런 일이……."

"그러니까 네가 마족이란 건 나한테 문제가 안 돼. 너는 언제나 내가 좋아한…… 사랑한 이레네 하루지온이야."

그녀의 눈을 똑바로 들여다보면서 볼을 타고 흐르는 눈물을 손가락으로 닦아줬다.

"에릭 님……!"

이레네는 감격한 것처럼 내 등에 손을 둘러 강하게 끌어안았다.

나도 포옹에 응했다. 그녀의 몸을 강하게, 다시 놓지 않을 것처럼 끌어안았다.

"당신을 만나서 다행이에요……! 정말로 다행이에요……!"

"나도 너를 만나서 기뻐……. 나도 한 번 살아갈 의미를 잃었으니까. 그러니까 더는, 너만은 잃지 않을 거야. 반드시 지킬게."

그녀는 한 번 팔 힘을 풀고 내 눈을 바라봤다.

그 얼굴이 내 눈에는 무척 아름답고 매력적으로 비쳤다.

젖은 눈동자로 바라보고 그녀가 바라는 것…… 그리고 나도 바라는 것을 위해 얼굴을 가져갔다.

"에릭 님……."

"이레네……."

나와 이레네의 얼굴은 점점 가까워지고…….

"으응……?"

왠지 눈부시다고 느낀 나는 눈을 떴다.

무거운 눈꺼풀이 다시 감기지 않게 몇 차례 눈을 깜빡거렸다.

뭐야……? 여기 어디야?

조금 전까지 나는 이레네랑 숙소에서…….

거기까지 생각하고 나는 그것이 꿈이었다는 사실을 깨달았다.

그리고 상체를 일으켜 주위를 돌아봤다. 나는 내 집, 내 침대에 있었다.

뭐지? 왜 이렇게 몸이 무겁지?

그렇게 훈련을 열심히 했었나?

나는 기억을 더듬고…… 펠릭스라는 남자와의 싸움을 떠올렸다.

맞아. 나는 그 녀석이랑 싸우고, 이겼지.

그러고 나서 바로 기절했다. 그럼 지금까지 잠들어 있었나?

눈부시다고 느낀 것은 방으로 드는 햇빛 때문이었다.

나는 오랜만에 본 꿈을 떠올리고 그리움에 잠겼다.

그 꿈은 내가 전생에서 처음 이레네와 키스한 순간이었다.

그나저나 너무하네. 거기까지 보여줬으면 키스까지 보여줘야지!

제 꿈에 대고 투덜대다가, 문득 떠올렸다.

이미 전생과는 미래가 달라졌다는 사실을.

전생에서는 펠릭스가 왕이 되고 결혼을 강요받은 이레네가 도망쳐서 나와 만났다.

하지만 이제 펠릭스는 죽었다.

다시 말해 이레네는 나라에서 도망칠 필요가 없어졌고 나와 이레네가 만나는 미래는 사라졌다는 뜻이다.

나는 그것이 조금…… 아니 몹시 아쉬웠지만, 그래도 잘된 일이라고 생각하며 스스로 납득했다.

나는 이레네가 슬픈 눈물을 흘릴 이유를 제거했다.

그래서 나와 이레네가 만나지 못한다고 해도 후회는…… 하지 않는다.

아니, 강한 척하지 말자. 사실은 엄청나게 후회한다.

이레네와 만나지 못한다고? 죽어도 싫다.

그러나 펠릭스를 죽여서 이레네와 만나지 못해도 그 만남의 운명이 사라졌을 뿐이었다.

나는 이레네가 하루지온 왕국이라는 나라에 있다는 사실을 안다. 만나려고 하면 못 만날 이유는 없었다.

반드시 만나러 가겠다.

나는 이레네를 사랑하니까.

◇ ◇ ◇

나는 지금 무척 기분이 우울하다.

왕궁에 있는 내 방 침대에 토라져서 누워 있었다.

왕족으로 이러면 안 되는 건 알지만…… 이렇게라도 마음을 추스르지 않으면 견딜 수 없었다.

이유는 간단했다. 싫어하는 남성과 결혼이 정해졌기 때문이었다.

그 사람은 아바마마 다음으로 왕위를 이을 사람이며, 아주 강했다.

현 국왕인 아바마마와 결투해서 간단히 승리했을 정도였다.

이 나라에서 가장 강한…… 아니, 가장 강했던 아바마마에게 그렇게 쉽게 이기는 사람이 이 세상에 있을 거라고는 상상조차 못했다.

그리고 그 사람이 왕위에 오를 때, 나는 그 사람의 아내가 되어야 했다.

강하다는 것은 인정하지만, 나와는 성격이 너무 안 맞았다. 함께 살 엄두가 나지 않았다.

그 사람은 왜 그다지도 호전적일까?

아바마마와 어마마마는 다른 나라와 우호를 맺고 교류하고 싶다고 생각했지만, 썩 좋은 결과는 내지 못하는 실정이었다.

하지만 나는 그 방침이 좋았다.

피를 흘리지 않고 살아갈 수 있다는 사고방식이 무척 마음에 들었다.

하지만 그 사람은 왕이 되면 온갖 나라를 침략하겠다고 선언했다.

그런 사람과 결혼한다니 참을 수 없다……!

한숨 쉬며 침대에 누워 있는데 노크 소리가 들렸다.

"……있어요."

나는 침대에서 몸을 일으켜 나른하게 답했다.

"나다, 사랑하는 딸아."

"아바마마?!"

문밖에서 낮고 위엄 있는 목소리가 들렸다.

아바마마라는 것을 알자마자 나는 침대에서 뛰어내렸다.

서둘러 전신 거울 앞에 서서 주름진 옷을 손으로 펴고 머리를 정리했다.

"드, 들어오세요, 아바마마."

허둥지둥 준비를 마치고 한숨 돌린 후 말했다.

그러자 문이 열리고 아바마마가 들어왔다.

"미안하구나. 갑자기 들이닥쳐서."

"아니에요, 그런 말씀 마세요."

아바마마는 최근 생각이 느신 탓인지 조금 늙어 보였다.

이것도 다 그 사람 때문이야……!

"아바마마, 무슨 일이신가요?"

"흠, 갑작스러운 소식이라 믿기 어렵겠지만……."

아바마마는 잠시 망설이더니 내게 충격적인 사실을 전했다.

"펠릭스가, 죽었다."

"……네?"

나는 아바마마의 말을 이해하는데 잠깐 시간이 필요했다.

그리고 이해해도 그것이 사실인지 의심부터 들었다.

"펠릭스, 님이……? 어떻게요?"

아바마마보다 강한 사람이 죽어? 대체 무슨 일로?

설마 급병이라도?

"펠릭스가 베고니아 왕국의 침략 거점으로 점찍은 마을이 있는데, 그곳에 사는 청년에게 쓰러졌다는구나."

그 강한 펠릭스 님이 인간족 소년에게 쓰러져?

듣고도 믿기지가 않아……!

"유해는 찾아올 수 없었다고 하지만, 전사(戰死)는 확인됐다. 나도 못 믿겠지만, 사실이야."

설마 그럴 리가. 생각지도 못했다.

그 사람이 죽다니……!

"미안하구나, 이레네."

내가 그 사실에 놀라서 당황해 어쩔 줄 모르는데 아바마마가 왠지 사과했다.

"네? 뭘 사과하시는 거죠?"

"나는 너를 지키지 못했다. 펠릭스에게 패배해 네 혼인을 인정해야만 했어. 너는 무력한 내가 원망스러웠을 테지."

"원망스럽다뇨……! 저는 단 한 순간도 아바마마를 원망한 적이 없어요!"

아바마마는 승산이 없고 죽을지도 모르는데도, 나를 위해서 주저 없이 결투에 임했다.

그런 아바마마를 어떻게 원망하겠는가!

“변명하는 것 같아 미안하지만, 네가 도망치고 싶어 하는 줄 알고 우리는 너를 빼돌릴 계획을 세우고 있었다.”

“네? ……처음, 들었어요.”

“모두 죽음을 각오하고 짠 계획이야. 네가 알면 우리를 위해 도망치지 않고 결혼하려고 하지 않았겠느냐.”

아바마마는 다가와서 내 머리에 손을 얹고 가슴으로 안아줬다.

“힘들게 해서 미안하다. 하지만 이제는 괜찮아. 놈은 죽었어.”

“아! 아바, 마마……!”

지금까지 품었던 불안과 괴로움이 녹아내리고 저절로 눈물이 흘렀다.

“다행이에요……! 아바마마, 어마마마, 그리고 다른 사람들도, 다시 함께 지낼 수 있어요……!”

“그래, 그렇지. 네가 떠나기로 마음먹는 그 날까지, 우리는 네 곁에 있으마.”

나는 한동안 흘러내리는 눈물을 그치지 못했다.

겨우 눈물이 그치고 나는 아바마마의 가슴에서 떨어졌다.

“그 마을 청년에게 감사해야겠구나. 간접적으로 우리는 그 청년에게 은혜를 입었어.”

맞는 말이었다. 펠릭스 님을 쓰러뜨린 사람 덕분에 우리는 인생을 구원받았다.

"그 청년의 이름은 뭐라고 하나요?"

"모르겠구나. 부하를 시켜 알아보마."

"만약 만나면 감사드리고 싶네요."

아직 이름도, 얼굴도 모르는 아주 강한 분에게…… 나는 이루 말할 수 없는 이 고마움을 언젠가 꼭 전하리라고 마음먹었다.

제 3 장 죽음에서 돌아와, 떠나다

펠릭스를 해치운 나는 이틀이나 잠들어 있었다고 한다.

깨어나서 집 거실로 나가자 아버지와 어머니, 그리고 티나가 나를 보고 깜짝 놀라더니 울면서 안겼다.

아버지가 우는 모습은 전생에서도 본 적이 없었다. 그만큼 걱정을 끼쳤다고 생각하니 미안한 마음이 밀려오고, 해냈다는 기쁨에 나까지 눈물이 날 것 같았다.

내가 이틀이나 잠들었던 이유는 상처 때문이기도 하지만, 가장 큰 원인은 마력 고갈 때문이었다.

마력이 떨어져 기절하면 최대 80퍼센트가 회복될 때까지 깨어나지 못한다.

나는 마력이 고갈되면 이틀이나 잠드는 모양이었다. 아직 더 연습이 필요할 것 같았다.

나와 마찬가지로 티나도 마력 고갈로 기절했지만, 불과 한나절 만에 일어났다고 한다.

나보다 마력량이 몇 배는 많은데도 회복은 더 빠르다……. 티나에게 마법을 알려준 사람은 나건만 이 차이는 뭐지?

아무튼 지금 우리는 숲에 와 있었다.

요전번 싸움의 뒷정리를 위해서였다.

펠릭스와 싸운 기억이 너무 강렬해서 그렇지, 나는 그 전에 마물 수백 마리와도 싸웠다.

그 사체가 마을 주변에 산재해 있었다.

이렇게 많은 마물을 죽인 것은 나도 처음인지라 어떻게 해야 할지 몰랐는데, 일단 마을 사람들이 알아서 사체를 모아준 모양이었다.

내가 갔을 때는 이미 이틀간 정리한 사체가 산처럼 쌓여 있었다.

나와 아버지가 전부 해치웠는데 정리는 마을 사람들에게 시켜서 미안하기도 했지만, 다들 나와 아버지 덕분에 살았으니까 신경 쓰지 말라고 했다.

역시 마을을 구하기를 잘했다고 나는 진심으로 생각했다.

그 후 마물 사체를 어떻게 처리할지 의논한 결과, 일부를 제외하고 태우기로 결정했다.

사냥한 마물은 가죽이나 쓸모 있는 부위를 도시에 팔면 제법 돈이 된다.

평소 마을의 사냥꾼들은 그 돈으로 마을에 필요한 물건을 사 왔다.

이번 마물 무리에도 제법 돈이 되는 마물이 많았다. 문제는 너무 많다는 것이었다.

나는 아버지와 사냥꾼들과 상담해서 어느 마물을 남길지 정하고 그것들을 뺀 수백 마리를 태우기로 했다.

사체 소각은 티나에게 부탁했다.

사체에 불을 붙일 뿐이라면 나도 가능하지만, 사체를 태울 때 고

약하기 짝이 없는 냄새가 난다.

그것을 그냥 두면 온 마을에 냄새가 퍼져 당분간 악취에 시달리게 된다.

그래서 불 마법으로 태우고 바람 마법으로 냄새가 마을에 퍼지지 않도록 막아야 하는데, 그 정도로 마법에 노련한 사람은 마을에 티나뿐이었다.

나도 노력해서 그 정도는 쉽게 할 수 있게 돼야지.

사체를 태우고 바람 마법으로 냄새가 마을로 흘러가지 않게 하면서도 나와 수다까지 떠는 티나를 보고, 나는 그렇게 생각했다.

마물 습격, 펠릭스와의 싸움으로부터 약 일주일이 지났다.

마을은 그렇게 큰일이 있었는데도 특별히 달라진 점이 없었다.

내가 마법으로 만든 벽도 허물지 않고 그대로 이용하기로 결정됐다.

마물이 밤마다 먹을 것을 찾아 밭을 어지럽히는 일도 앞으로는 부쩍 줄어들리라.

나는 평소대로 아침 훈련을 했고, 최근에는 점심부터 티나네 밭 갈기를 돕고 있었다.

"후우……."

"수고했어, 에릭. 자, 여기 물."

"고마워, 티나."

티나에게 차가운 물이 든 컵을 받고 벌컥벌컥 들이켰다.

참고로 이것도 티나가 마법으로 만든 물이었다.

그러고 보니 얼마 전에 이제 『티나 누나』라고 부르지 않아도 된다는 얘기를 들었다.

무슨 바람이 불었냐고 묻자 티나라고 불러주는 편이 기쁘다나…….

아마 내가 전투 중에 티나라고 불렀을 때 그렇게 느낀 모양이었다.

사실 전생에서도 그냥 티나라고 불렀고 마음속으로도 티나라고 했으니까 호칭이 바뀌어도 오히려 어색함은 덜했다.

이유는 잘 이해되지 않지만 뭐, 좋은 게 좋은 거지.

갑자기 다른 이야기로 빠지지만, 나는 지금 굉장히 마음이 초조했다.

전생에서는 일주일 전의 마물 습격과 펠릭스로 인해 나를 제외한 모두가 죽었다.

그 사태를 막은 것까지는 좋았다.

하지만 마을을 구한 뒤로 나는 앞으로의 일을 고민했다.

전생에서는 아버지와 어머니, 티나가 죽고 나만 살아남아 망연자실했을 때…… 나의 둘도 없는 친구에게 도움을 받았다.

기억에 따르면 마을이 파괴되고 약 한 달 뒤 여기서 조금 먼 도시에서 만났다.

도시 뒷골목에 있는 빈민가 같은 곳에 쓰러진 내게 먹을 것을 나눠줬다.

그 녀석도 그 도시 빈민가에 온 지 얼마 안 된 터라 동년배인 내가 쓰러진 것을 보고 그냥 지나칠 수 없었다고 했다.

그 뒤로 이야기를 해 보니 나와 동갑이었다.

그리고 왜 빈민가에 왔느냐는 이야기가 나왔고, 내가 마을이 파괴되어 갈 곳이 없었다고 하자 그 녀석도 사정을 말해줬다.

살던 왕국이 멸망해 나와 같은 이유로 이곳에 온 것이라고.

우리는 처지가 비슷하기도 하여 금방 허물없이 친해졌다.

그 녀석의 이름은…… 크리스토.

나는 크리스토와 친구가 되어 함께 여행하면서 살아남았다.

그때 그 녀석과 만나지 못했다면 아마 나는 진작 죽었을 것이다.

그 녀석과는 이번 생에서도 빨리 만나고 싶었다.

하지만…….

나는 생각했다.

그 녀석이 빈민가에 있었던 이유.

그것은 크리스토가 있던 나라가 멸망했기 때문이었다.

우리 마을이 멸망하고 크리스토의 나라가 멸망해서 우리는 만났다.

그리고 그 녀석의 나라가 멸망한 이유.

크리스토가 살던 나라가 어디인지는 듣지 못했지만, 우리 마을이 사라진 뒤 바로 멸망한 나라는 몇 곳 없었다.

예를 들면 베고니아 왕국.

아마도, 아니, 분명히 크리스토가 살던 나라는 베고니아 왕국일 것이다.

그리고 크리스토도 목숨만 부지하고 도망쳐 나와 만났다.

즉…… 나는 친구와 사랑하는 사람, 소중한 두 사람과 만날 기회를 잃은 셈이었다.

이레네와 못 만나는 것도 우울한데, 크리스토와도 만나지 못할 것이라고는 생각하지 못했다.

어쩌면 크리스토가 베고니아 왕국이 아닌 다른 나라에 살고 그곳이 멸망한다면, 한 달 뒤 그 도시에서 다시 만날지도 모른다.

그래도 크리스토가 사는 나라가 멸망하지 않는 것이 가장 좋은 일이다. 베고니아 왕국에 살고 그곳이 멸망할 이유가 사라졌다면 결과적으로 잘된 일 아닐까.

뭐가 어찌 됐건 이 마을에 있으면 정보가 들어오지 않는다.

나는 역시 마을을 떠나야겠다는 마음이 들었다.

정보를 얻기 위해서는 마을을 떠나 도시로, 기왕이면 베고니아 왕국에 가는 편이 나았다.

어떻게 할까…….

지금 마을은 마물 사체 처리가 끝나고 겨우 일상으로 복귀한 상황이었다.

이 시기에 내가 마을을 나가겠다고 하면 어떤 소란이 벌어질지 짐작도 안 됐다.

게다가 가장 큰 걱정은 티나였다.

티나는 언제나 나랑 있었다.

나도 티나를 진짜 가족처럼 생각했다.

아마 티나도 그렇겠지.

하지만 내가 떠나면 티나는 어떻게 할까?

그런 생각을 하며 나는 밭을 갈았다.

그리고 오늘…….

이 마을에 새로운 손님이 오면서 내 인생은 전생과 크게 달라졌다.

3일 전 아버지와 사냥꾼들은 마물에서 얻은 부산물을 팔러 도시로 나갔다.

그 도시의 이름은 왕도 베고니아.

바로 펠릭스가 침공하려던 나라의 수도였다.

나는 몰랐지만, 사냥 부산물을 팔러 자주 오가는 도시라고 했다.

전생에서도 아마 그곳에서 거래했을 텐데 왜 나는 베고니아 왕국의 이름조차 몰랐을까?

나는 바보인가?

어쨌든 오늘은 아버지와 사냥꾼들이 돌아오는 날이었다.

마을 사람들은 이번 수익으로 좋은 도구, 편리한 물건을 사 올 것이라며 들떠 있었다.

이 마을에서 남쪽으로 1킬로미터 정도 떨어진 곳에 왕도로 이어지는 외길이 있었다.

우선 마을에 있는 말을 끌고 외길까지 걸어간 뒤, 그곳부터 말을 타고 달리면 두 시간 만에 왕도에 도착한다.

그리고 돌아올 때는 짐을 잔뜩 싣고 오므로 갈 때보다 시간이 걸리는데, 이번에는 마물 부산물을 많이 가지고 가서 평소보다 시간이 더 걸릴 예정이었다.

평소라면 하루나 이틀이면 돌아오는 반면, 이번에는 넉넉잡아 3일은 걸린다고 했었다.

나와 티나, 마을 사람들은 밭을 갈며 아버지와 사냥꾼들이 돌아오기를 기다렸다.

그리고…….

"우리 돌아왔어!"

남쪽에서 아버지의 쩌렁쩌렁한 목소리가 마을로 울려 퍼졌다.

"에릭! 아저씨가 돌아왔어!"

"응, 나도 들려."

티나는 기뻐하며 나를 돌아봤다.

귀가 먹지 않고서야 저 소리를 못 들을 리 없다.

티나는 소리가 난 방향으로 달려갔지만, 나는 괭이를 조용히 내려두고 걸어갔다.

달려온 주민 몇 명이 나를 추월해 지나쳤다.

아버지가 있는 곳에 도착했을 때는 이미 집 앞에 사람들이 몰려 있었다.

"오, 이거야, 이거! 저번에 이게 망가져서 얼마나 불편했는데!"

"이것도 샀어?! 잘됐다! 이게 있으면 일하기 편하겠어!"

주민들이 저마다 자신이 부탁한 물건을 받아 무척 기뻐했다.

기뻐하는 사람이 많은 것을 보니, 이번 부산물은 비싸게 팔린 모양이었다.

"하하하! 좋아해 주니까 다행이구만!"

아버지도 호쾌하게 웃으며 사람들의 얼굴을 바라봤다.

……도시에서 온 물건에 눈이 가는 건 이해하는데…… 아버지 뒤에 있는 사람들은 누구지?

아버지 근처에 있는 사냥꾼 말고 그 뒤쪽.

흥분한 주민들을 굉장히 생소하게 바라보는 낯선 사람들이 있었다.

"와~! 식칼도 새로 사 왔어!"

티나도 아버지에게 사 달라고 부탁한 물건을 받아 기뻐하고 있었다.

기뻐하는 모습은 귀엽지만, 뒤에 있는 사람들한테 관심 좀 줘.

"아버지, 저 사람들은 누구야?"

이대로 있으면 아무도 알아주지 않을 것 같아서 내가 아버지에게 물었다.

"앗, 잊고 있었군."

아버지는 내 질문을 듣고 아차 하며 뒤로 돌아 머리를 가볍게 숙였다.

아버지도 까맣게 잊고 있었나 보다.

"에릭, 이 사람들은 너한테 볼일이 있다고 하신다."

"어? 나?"

그 말을 듣고 나는 다시 그 사람들을 살펴봤다.

세 남자였고 두 명은 갑옷에 투구까지 착용했다.

하지만 여기까지 오기 위해서인지 갑옷을 입은 것치고는 경무장이었다.

그 두 명은 주민들을 보고 당황한 눈치였다.

그리고 남은 한 명, 그 사람은 갑옷이 아예 없는 단출한 차림새였고 옷도 두 명보다 조금 비싸 보였다.

그는 찰랑찰랑한 금발을 뒤로 가볍게 묶었다.

얼굴은 단정했지만, 무표정이라서 조금 무서운 인상을 줬다.

그리고 무엇보다 일행인 두 명과는 분위기가 달랐다.

그 분위기는 전생에서 몇 번이나 본 강자 특유의 것이었다.

"디안 님이 말씀한 에릭 님이신가요?"

그 금발 남성이 나에게 정중한 말투로 물었다.

"네, 그런데요. 누구시죠?"

내가 질문에 답하고 되물었다.

"인사가 늦어 죄송합니다. 제 이름은 예레미아스 아스타라입니다. 편하게 예레라고 불러주십시오. 뒤에 있는 두 사람은 제 부하입니다."

갑옷을 입은 두 명이 내게 경례했다.

나는 살짝 당황하며 어색하게 고개를 꾸벅였다.

"아, 네……. 그래서 예레 씨는 저한테 무슨 볼일이시죠?"

예레라고 자신을 소개한 그 사람은 여전히 무표정으로 진지하게 말했다.

"확인할 것과 드릴 말씀이 있습니다."

"그런가요? 여기는 소란스러우니까 집으로 오시겠어요?"

"배려해주셔서 감사합니다. 초대해주신다면 응하겠습니다."

나는 예레 씨와 부하 두 명을 데리고 집으로 갔다.

티나는 아직 아버지가 가지고 온 물건에 정신이 팔려서 두고 가기로 했다.

집에 도착한 나는 현관문을 열었다.

"다녀왔어요."

"어서 오렴, 에릭. 어머, 손님이니?"

집에 있던 어머니가 내 뒤에 있는 예레 씨 일행을 보며 물었다.

"나한테 할 말이 있다고 왕도에서 온 사람들."

"어머, 그래?"

"갑자기 찾아와서 죄송합니다. 예레미아스 아스타라입니다."

"어머나, 정중하셔라. 에릭의 어머니인 셀레나예요."

"에릭 님의 어머니셨나요? 워낙 젊으셔서 누님이신 줄 알았습니다."

"우후후, 말씀도 잘하셔라."

갑자기 사교모임 같은 말이 오갔다.

예레 씨, 칭찬을 하려면 조금이라도 웃으시지……. 계속 무표정이면 무섭잖아요.

나는 부하 두 사람도 집 안으로 들이고 거실에서 예레 씨와 마주 앉았다.

부하들은 예레 씨 뒤에 서서 대기했다.

"이런 차밖에 없어서 죄송하네요."

"아닙니다. 감사히 마시겠습니다."

어머니는 예레 씨와 부하 두 명, 그리고 내 몫까지 차를 내왔다.

뒤에 선 사람에게 잔을 건넬 때는 둘 다 우리 어머니에게 눈길을 빼앗긴 것 같았다.

사실 어머니는 예레 씨의 인사치레가 빈말이 아닐 만큼 젊어 보였고, 아버지에게는 아까울 만큼 아름다운 사람이었다.

"에릭 님, 바로 본론으로 들어가도 되겠습니까?"

"네, 말씀하세요."

마주 보고 말하자 역시 위엄이 느껴졌다.

예레 씨가 운을 뗐다.

"우선 저희가 이곳에 온 경위를 설명드리겠습니다. 저희는 에릭 님의 아버지께서 베고니아 왕국의 어떤 가게에 마물 부위를 파는 모습을 보고 왔습니다."

"마물 부위요?"

"네. 저희 기사단은 약 일주일 전에 이 숲에서 마물의 부자연스러운 동향을 확인했습니다. 그리고 디안 님이 이 마을에 사신다고 하셔서 이야기를 들었지요."

그랬군. 일주일 전의 마물 동향이라면 펠릭스가 이 마을을 습격하기 위한 사전 준비를 말하겠지.

그런데 지금 흘려들을 수 없는 말이 들렸다.

"이야기를 끊어서 죄송한데, 기사단이라고 하셨나요?"

"아, 죄송합니다. 아직 말씀드리지 않았군요. 저는 베고니아 왕국 기사단에서 단장을 맡고 있습니다."

상상 이상으로 대단한 사람이었다.

그럼 왕국 기사단에서 제일 높은 사람이라는 뜻이잖아?

분위기로 봐서 강할 것이라고는 생각했지만, 기사단장이라면 강할 만도 했다.

"기사단에서는 숲의 마물이 움직이는 의도를 파악하지 못해 이 마을에 사는 디안 님에게 조언을 구한 겁니다."

아버지는 종종 왕도에 사냥 부산물을 팔러 갔으니까 이 마을에 산다는 사실이 알려졌어도 이상하지 않았다.

"듣기로는 마물 무리가 마을을 덮쳤다죠? 우리나라 영내에서 벌어진 일을 알지도 못했던 점 깊이 사과드립니다."

예레 씨는 의자에 앉은 채 탁상에 이마를 찧을 기세로 고개 숙였다.

뒤에 있는 부하 두 명도 머리를 허리까지 숙여 사과했다.

"아, 괜찮아요. 죽은 사람은 없으니까요."

「누가 죽었으면 원망했을 것이다」라는 뜻으로 전해질지도 모르지만, 사실 틀린 말도 아니라서 정정하지는 않았다.

내 속마음을 알아차렸는지는 알 수 없지만, 예레 씨는 고개를 들었다.

"정말로 죄송합니다. 그리고 이런 일이 재발하지 않도록 에릭 님에게 이야기를 여쭙고 싶습니다."

예레 씨는 무표정이면서도 분한 감정을 조금 얼굴에 드러냈다.

그 얼굴을 보고 나는 정말로 이 사람은 자신의 무력함을 후회하는 중이라는 것을 느꼈다.

나도…… 전생에서 사무치게, 그것도 여러 번 느꼈던 감정이었다. 예레 씨가 자책하는 마음을 어렴풋이 알 것 같았다.

"알겠습니다. 그렇지만 뭘 이야기하면 될까요?"

"감사합니다. 그럼 마물의 부자연스러운 동향에 관해 짐작 가는 이유는 없습니까?"

바로 이야기의 핵심을 찌르는 질문이 들어왔다.

"이유는 짐작됩니다. 아니, 사실 이번 스탬피드의 이유를 알아요."

아마 이 사람은 아버지에게도 이야기를 물었겠지. 하지만 아버지는 그 이유를 몰랐다.

펠릭스가 이 소동을 일으킨 사실을 아는 사람은 나뿐이었다.

"뭐라고요……! 이유가 뭐죠?"

이유를 안다고는 생각하지 못했는지 예레 씨가 놀라서 물었다.

나는 한 남자가 이 마을을 파괴하고 이곳을 거점으로 베고니아 왕국을 침공하려고 했다고 말했다.

"그런 내막이……."

내 이야기를 듣고 예레 씨는 눈을 크게 뜨며 놀랐다.

하긴, 자기도 모르는 새 자기네 나라가 침략당할 뻔했다고 하면 누구든 놀라겠지.

뒤에 있는 사람들도 당황하는 기색이 역력했다.

"그 남자의 이야기는 디안 님에게 들었습니다. 에릭 님이 쓰러뜨린 자를 말씀하시는 거지요?"

"네, 맞아요."

"그자는 누구였나요?"

"펠릭스 글라디오라는 마족 남성이었습니다. 하루지온 왕국 차기 국왕이라고 말했어요."

그 녀석이 한 말을 있는 그대로 전했다.

그러자 예레 씨는 지금까지 지키던 무표정을 무너뜨릴 만큼 놀라움을 드러냈다.

"펠릭스 글라디오……?! 그 이름이 확실합니까?!"

"네? 아, 네……."

예레 씨의 호들갑스러운 반응에 조금 당황하면서 답했다.

내 대답을 듣고 예레 씨는 잠깐 흥분을 가라앉히고는 생각에 빠졌다.

"그자를 확인할 수 있을까요?"

"시체라도 괜찮으시다면……."

마물 사체는 소각했지만, 펠릭스는 숲에 매장했다.

"감사합니다. 나중에 확인해 보죠."

"네."

이야기를 한 번 끊고 나와 예레 씨는 차를 마셔 목을 축였다.

"이건 다른 이야기지만, 에릭 님께 드릴 부탁이 있습니다."

"뭐죠?"

예레 씨는 또 진지한 분위기로 운을 띄웠다.

나는 긴장하며 이야기를 들었다.

"우리 베고니아 왕국 기사단에…… 입단해주셨으면 합니다."

"네? 기사단에? 제가요?"

"네. 어떻습니까?"

아니, 다짜고짜 어떠냐고 물으면 어떡해…….

갑작스러워서 뭐라고 해야 할지 모르겠다, 라고밖에 할 말이 없었다.

"왜 저를 기사단에 초대하시나요?"

"우리 기사단은 언제나 우수한 인재를 원합니다. 물론 기사를 육성하는 교육 기관이 따로 있어서 보통은 그곳에서 인재를 키우지만, 이렇게 저나 부단장이 직접 스카우트하는 경우도 있습니다."

예레 씨는 그렇게 설명했지만, 나는 아직 결정을 내릴 수 없었다.

"바로 대답하기는 어려우시겠죠. 가족분들과 천천히 이야기를 나눠 보시고 결정하시면 됩니다."

그 말을 끝으로 예레 씨는 자리에서 일어나 부하들을 데리고 집을 나갔다.

나는 펠릭스의 시체를 숨긴 장소를 알려주고 현관 밖까지 예레 씨 일행을 배웅했다.

그들이 떠난 뒤에도 나는 그 자리에 서서 예레 씨가 한 말을 곱씹고 있었다.

어떻게 해야 할까…….

전생에서는 마을이 파괴되고 나는 가족과 티나를 잃어 어떤 도시에서 친구와 만났다.

하지만 이번 생의 나는 마을을 구해 그 과거…… 아니, 미래를 회피했다.

여기서부터 어떻게 해야 할지 망설이던 차에 어쩌면 친구가 있을 베고니아 왕국에서, 그것도 기사단장이 직접 입단을 제안해 왔다.

……예레 씨에게 제안받았을 때, 사실 내 마음은 이미 정해졌는지도 모르겠다.

나는 집으로 들어가서 거실로 갔다.

"어머니."

"……응, 왜?"

어머니는 방금 이야기를 들었겠지.

그래서 내가 말을 걸었을 때부터 이런 진지한 표정인 것이다.

"아버지가 오면 할 이야기가 있어요."

◇ ◇ ◇

나는 이 마을을 습격한 자의 시체를 확인하러 숲으로 왔다.

에릭 님이 말한 곳은 아마 이 부근일 텐데…….

"단장님! 이곳 아닐까요?!"

주변을 수색하던 중 부하 한 명이 뭔가를 발견하고 나를 불렀다.

그곳에는 땅이 봉긋이 솟아 있었다.

아마 에릭 님은 이곳에 그자의 시체를 묻었겠지.

두 부하에게 그곳을 파도록 지시했다.

땅을 파자 금방 시체가 드러났다.

시체는 상하반신이 나뉘어 있었다. 아주 예리한 날에 절단됐다는 것을 쉽게 상상할 수 있었다.

에릭 님이 이자를 해치웠다면, 이것만 보아도 그가 얼마나 강한지 가늠할 수 있었다.

곧 상반신을 파내어 남자의 얼굴을 확인했다.

"……! 역시 이자는……."

에릭 님에게 이름을 들었을 때는 내 귀를 의심했지만, 정말로 이 남자였나.

"단장님, 이자는 누굽니까? 단장님은 알고 계신 눈치인데……."

시체를 파낸 부하가 물었다.

부하는 이자의 위험성을 몰랐다.

"나나 폐하, 마법 기사단 단장 같은 상부 사람은 누구나 압니다. ……이자는 하루지온 왕국의 차기 국왕이에요."

"그 마족의 나라 말입니까?"

하루지온 왕국은 국왕 세레도니아 하루지온이 우호적인 방침을 내세워 여러 나라와 교류하고 있었다.

마족의 나라 중에서는 이례적으로, 강한 힘이 있으면서도 무력을 행사하지 않는 왕이 있기로 유명한 왕국이었다.

하지만, 이 남자가 나타나고 상황은 일변했다.

"이자는 대단히 호전적인 사고방식을 가졌었죠. 국왕이 바뀌었다면 평화로운 나라가 바로 무력을 행사하는 나라가 되었을지도 모릅니다."

마족의 나라에서는 국왕의 정책에 불만이 있으면 국왕과 결투해 이겨야 하는 규정이 있었다.

세레도니아 하루지온 국왕은 자신이 내건 평화주의를 위해 계속해서 싸웠고, 계속해서 승리해 왔다.

세레도니아 국왕은 평화주의자면서도 강하기로 유명한 사람이었다.

그러나 오랜 기간 마족 나라의 국왕으로 군림했던 그도 기어코 패배해 버렸다.

이 남자, 펠릭스 글라디오에게.

그가 차기 국왕이 되면서 하루지온 왕국은 군사국가로 바뀌려고 하고 있었다.

"이 사람은 지금까지 무패를 자랑하던 세레도니아 국왕을 압도하는 실력자였습니다. 베고니아 왕국도 이자를 위험인물로 간주하고 예의 주시했지만, 설마 위험이 코앞까지 와있었다고는 생각지도 못했어요."

방금 에릭 님에게 들은 이야기에 따르면, 펠릭스는 이 마을을 파괴하고 베고니아 왕국을 침공할 예정이었다.

만약 에릭 님이 이자를 해치우지 않고 베고니아 왕국이 기습당했다면 아마 베고니아 왕국은 피바다가 되어 함락됐을지도 모른다.

우리는 아무런 정보도 파악하지 못한 상태였다. 아무 방비도 없는 상태에서 기습받았다면 삽시간에 무너졌을 것이다.

"여기서 에릭 님이 펠릭스를 해치우지 않았으면 우리 베고니아 왕국은 허무하게 멸망했겠군요."

"아무리 그래도 비약이 너무 심하십니다!"

"비약이 아니라 사실입니다. 이런 위험한 상황을 우리는 인지조차 못 하고 있었어요. 우리도 모르는 사이에 목숨을 건졌군요."

"단장님, 그 청년은 정체가 뭡니까? 아무것도 없는 지방 촌락에서 훈련한 것치고는 너무 강하지 않습니까?"

그 말도 맞았다.

이 남자, 펠릭스는 패배를 모르던 세레도니아 국왕을 힘으로 찍어 누른 실력자였다.

그런 강자를 해치울 사람이 세상에 몇이나 존재할까?

기사단장인 나조차 이자에게 이길 수 있을지 어떨지 모르건만.

그런 자를 에릭 님이 해치웠다고 말하니 나도 놀랄 수밖에 없었다.

"모르겠네요. 그래도 확실한 건 에릭 님은 적이 아니라는 겁니다."

펠릭스를 해치운 사람이 적이 아니라서 천만다행이었다.

아무리 강해도 적이 아니라면 두렵지 않다. 아군이 되어준다면 더없이 든든할 것이다.

"그래서 에릭 님을 기사단에 들이고 싶은 겁니다."

"하지만 기사단 입단 조건은 최소 18세부터입니다. 에릭 님은 이제 막 열여섯이 됐다고 하는데 어떻게 하실 생각입니까?"

흠, 수습 기사가 되는 연령이 열여섯이었지.

그리고 어차피 기사단에 들어오려면 최소 2년은 훈련해야 한다.

말이 좋아 최소 2년이지, 수년에서 십수 년이 지나도 들어오지 못하는 사람이 널리고 널렸다.

최단기간인 2년 후에 입단을 허락받는 자는 진짜 강자뿐이었다.

예를 들어 올해 기사단에 입단한 한 여성.

그녀는 열여섯 살에 수습 기사가 되어 2년이 지나자마자 기사단에 들어온 실력자였다.

성격에 약간 문제가 있는 것이 흠이지만.

"에릭 님의 실력은 바로 기사단에 들어와도 될 정도입니다. 기사단장인 제가 강력하게 추천하면 폐하와 부단장도 수긍하겠죠."

"하지만 그러면……."

부하가 말을 흐렸지만, 무슨 말을 하고 싶은지는 나도 알고 있었다.

내가 추천해도 몇 년이나 훈련해 어렵게 입단한 이들은 에릭 님을 받아들이지 못할 것이다.

그러나 에릭 님에게는 펠릭스를 해치운 힘이 있었다.

그것은 우리와 같은 수준, 혹은 그 이상으로 노력해 왔다는 뜻이었다.

"괜찮습니다, 에릭 님이라면."

"그럴까요……."

"네. 그리고 지금 우리는 이 시체를 어떻게 왕도까지 운반할지부터 고민해야죠."

시체를 들고 가면 펠릭스가 죽었다는 확실한 증거가 된다.

에릭 님도 시체 처리로 곤란한 눈치였으니까 우리가 가지고 가도 문제는 없겠지.

이제는 에릭 님을 기사단에 입단하도록 설득하는 것뿐이었다.
뭐, 이미 에릭 님의 마음에는 답이 나온 것 같았지만.

◇ ◇ ◇

나와 어머니는 거실 탁상에 앉아 아버지의 귀가를 기다렸다.
거실에는 무거운 분위기가 깔려 있었다.
내 향후 인생에 관련된 이야기라서 나도 어머니도 진지하게 생각하느라 말을 꺼내지 못했다.
얼마 후, 현관 쪽에서 소리가 나고 아버지가 돌아왔다.
"하하하! 마을 사람들이 어찌나 기뻐하던지 원! 힘들게 다녀온 보람이 있었어!"
왕도에서 돌아온 아버지는 마을에 물자를 나눠주고 기분 좋게 귀가했다.
호쾌한 웃음소리가 거실까지 울렸지만, 나와 어머니를 본 아버지는 차차 조용해졌다.
"응? 뭐야, 분위기가 왜 이래? 아 참, 셀레나! 네가 부탁한 등의 혈 자리를 누르는 도구! 잘은 모르지만 그 마사지 도구도 사 왔어!"
아버지는 의기양양하게 어머니에게 부탁받은 마사지 도구를 꺼냈으나, 어머니는 살며시 미소 짓고 진지한 분위기로 돌아갔다.
"고마워, 여보. 이따가 써 볼게."
"그, 그래. 그런데 왜 그래? 무슨 일 있었어?"

둔감한 아버지도 우리 분위기가 평소와 다르다는 것을 깨닫고, 마사지 도구를 내려놓은 뒤 식탁 앞에 앉았다.

아버지 자리는 내 맞은편이고 그 옆에 어머니가 앉아 있었다.

"아버지, 중요한 이야기가 있어요."

"……그래? 뭐냐?"

내 말을 듣고 아버지도 진지하게 자세를 잡았다.

"아버지가 데리고 온 사람들과 방금 이야기했어요."

"아, 그 기사단 말이냐?"

"네. 이번 마물 습격에 관해 묻더라고요. 그리고 기사단에 들어오지 않겠냐고 하네요."

"……기사단에 들어와?"

아버지는 내 말을 따라 하고는 예상치 못한 내용에 놀라는 눈치였다.

"내가 해치운 펠릭스라는 사람이 꽤 강했나 봐요. 내 힘을 인정해줘서 기사단에 들어오지 않겠냐고 제안했어요."

"그래? 대단한데."

"그래서…… 나는 권유를 받아들이고 왕도로 가려고 해요."

내가 의견을 밝히자 아버지는 팔짱을 끼고 생각에 빠졌다.

어머니도 옆에서 조용히 아버지의 말을 기다렸다.

"가족과 헤어지겠다는 말이냐?"

"……아예 떠나겠다는 말은 아니에요. 긴 휴가를 얻으면 돌아올 수 있겠죠."

16년이나 키우고 돌봐주신 부모님과 헤어지기는 나도 괴로웠다. 부모님도 마음이 편치는 않을 것이다.

"나랑 어머니가 반대하면 안 갈 거냐?"

아버지가 나를 물끄러미 바라보면서 물었다.

내 각오를 시험하려는 거겠지.

"아뇨, 이미 나는 정했어요. 아버지와 어머니가 반대해도 난 왕도에 갈 거예요."

각오를 증명하듯 나도 아버지를 똑바로 쳐다보며 답했다.

나와 아버지는 잠시 서로를 노려보다가…… 아버지가 눈을 감으며 눈싸움은 끝났다.

"그래, 바로 그거야. 반대해서 가지 않는다고 하면 패 버리려고 했어. 나는 너를 그렇게 나약하게 키우지 않았으니까."

아버지는 살며시 웃으며 그렇게 말했다.

"그래야 내 아들이지. 너는 이미 훌륭한 사나이다. 자신감을 가지고 왕도로 가라. 그리고 당당하게 돌아와라."

"아버지……! 알았어요. 고마워요."

아버지에게 인정받았다. 나는 그것이 무척이나 감개무량했다.

전생에서 아버지는 우리를 지키다가 죽었다.

나는 그 각오, 용기를 다시 태어난 지금도 잊지 못한다.

이번 마물 습격과 펠릭스와의 싸움에서도 아버지는 큰 부상을 입었다. 티나가 바로 치료해줬지만, 당장 움직이지 못할 정도였다고 한다.

그래도 아버지는 나와 티나를 걱정해 몸을 채찍질해 가며 죽을 각오로 싸움터로 돌아왔다.

아버지는 정말로 사나이 중의 사나이였다.

전생에서도 현생에서도 그것은 변함이 없었다.

그런 사나이에게 인정받은 사실이 나는 기뻤다.

“당신은 하고 싶은 말 없어?”

마음속으로 감동하는데 아버지가 어머니에게 말을 걸었다.

나도 그 말을 듣고 어머니를 돌아봤다.

“그래……. 솔직히 에릭이 떠나면 쓸쓸하지만, 다른 사람도 아니고 에릭이 스스로 결정했다면 나는 아무 말도 안 할게.”

어머니의 웃음에는 슬픔과 외로움이 묻어났다.

그 얼굴을 보는 나도 마음이 아팠다.

“다만…… 에릭, 죽으면 안 돼.”

“……! 네, 당연하죠.”

“언제든 집에 와도 돼. 우리 아들이 돌아오는 날을 쭉 기다릴 테니까.”

“……네.”

나는 어머니의 상냥함에 눈물을 흘리지 않도록 참으며 대답했다.

울먹이는 소리가 나지 않았는지는 나도 모르겠다.

어쩌면, 났을지도 모른다.

어머니는 내 대답을 듣고 평소와 같은 부드러운 미소를 돌려줬다.

정말로 마을을 구해서…… 아버지와 어머니가 죽지 않아서 다행이라고 절실하게 생각했다.

이야기가 일단락 나고 어머니가 차를 가지러 갔다.

아버지와 나는 거실 탁상에 둘만 남았다.

"에릭. 너한테 묻고 싶은 게 있어."

아버지는 진지한 분위기로 말을 꺼냈다.

"묻고 싶은 거?"

"그래. 뭐부터 물어야 할지 모르겠지만……."

아버지는 잠깐 고민한 끝에 나에게 한 질문을 던졌다.

"……너는 이번 마물 습격을 알고 있었냐?"

순간 심장이 멎는 기분이었다.

그 질문은 습격이 있기 전부터 쭉 추궁당하면 어떻게 대답할지 고민하던 것이었다.

어떻게 답해야 할까. 뭐라고 말해야 할까. 전혀 모르겠다.

아버지는 내 눈을 직시하며 답을 기다렸다.

나도 아버지의 눈을 보았지만, 긴장을 풀면 나도 모르게 눈을 돌려 버릴 것만 같았다.

"……알고, 있었어요."

솔직하게 대답했다.

모른다고 거짓말해봤자, 그럼 어떻게 마을을 둘러싸는 벽을 습격 전에 준비했냐고 생각할 것이 뻔했다.

벽은 일주일도 전부터 준비한 것이었다.

벽을 만들지 않았으면 몰랐다고 잡아뗄 여지라도 있었겠지. 하지만 그 벽은 반드시 필요했다.

이 질문을 받으면 변명할 수 없다는 것을 알면서도 나는 벽을 만들었다.

각오는 했었지만, 사실 여기서 뭐라고 대답해야 할지는 끝내 떠올리지 못했다.

"……그러냐."

아버지는 새어 나오는 목소리로 중얼거리고는 눈을 감았다.

"그걸 묻고 싶었어. 다른 건 됐다."

"어……?"

입으로 의문이 흘러나왔다.

왜? 더 물을 게 있지 않은가?

"응? 왜? 안 묻는 게 그리 이상해?"

내 마음속 소리가 들린 것처럼 아버지는 피식 웃으며 말했다.

"아니, 그건……."

"어떻게 알았는지는 궁금하지만, 물으면 곤란한 질문이지? 네 얼굴에 다 쓰여 있어."

내 얼굴에 그렇게 티가 나는가?

설마 속마음까지 들킬 줄은 몰랐다.

"네가 없었으면 마을은 끝장났을 거야. 그러니까 추궁하지는 않으마. 마을을 구한 너한테 그런 짓을 하면 셀레나가 뭐라고 할지……."

아버지는 상상하고 말았는지 부르르 몸을 떨었다.

아버지, 역시 어머니한테는 기를 못 펴는구나.

"하지만 알고 있었으면 나나 셀레나, 아니면 티나한테라도 말하지 그랬어? 난데없이 마을이 습격 받는다고 하면 아무도 안 믿겠지만, 적어도 우리는 네가 진심으로 말하면 믿었을 거다."

아버지는 살짝 잔소리처럼, 하지만 무척 다정하게 말했다.

절대로 안 믿을 거라고 생각해서 말하지 않았지만, 부모님에게는 말했어야 했을까?

그렇게 생각하자 티나도 내가 진심으로 호소하면 마을이 습격 받는다는 생뚱맞은 소리도 믿어줬을 것 같았다.

"……고마워요, 아버지."

"그래, 인석아. 나는 네 아빠야."

그러더니 아버지는 자리에서 일어나 내 쪽으로 다가와서 앉아 있는 내 머리를 거칠게 만지고는 밖으로 나갔다.

오랜만에 느낀 아버지의 손길은 무척 그리웠다.

머리로 느껴진 아버지의 손 크기와 체온이 나에게 안도감을 줬다.

아버지는 내가 어떻게 마법을 배웠는지도 묻고 싶었겠지.

그래서 「뭐부터 물어야 할지 모르겠다」라고 말한 것이다. 그건 마물 습격뿐 아니라 더 묻고 싶은 게 있다는 말이었다.

그래도 아버지는 묻지 않았고 그저 나를 믿겠다고만 했다.

역시 아버지는 믿음직하다고, 새삼스럽지만 강하게 생각했다.

"차 가지고 왔어~ 어머, 아빠는 어디 가셨니?"

"……앗."

어머니가 차를 들고 돌아왔지만, 아버지는 지금 막 나갔다.

아버지…… 어머니가 차를 내오는 걸 깜빡했군.

멋 부리려고 나갔겠지만, 마무리가 형편없었어, 아버지.

나는 그런 생각을 하면서 어머니가 준비하신 차를 함께 마셨다.

"에릭…… 기사단에 들어가려면 왕도로 가야 하지?"

차를 마시고 잠시 뒤, 어머니가 말을 꺼냈다.

"맞아요."

"티나는 어떡하니?"

나는 또 대답하기 힘든 질문이 들어와 숨이 턱 막히는 기분이었다.

"에릭은 티나랑 엄청 사이가 좋잖아. 네가 갑자기 왕도로 떠난다고 하면 티나가 슬퍼하지 않을까……."

어머니도 말하기 거북한 말투지만, 티나를 생각하며 슬픈 표정을 지었다.

"네. 티나랑 헤어지기는 슬프지만, 이미 정했어요."

"……그래. 그렇다면 나는 더 말하지 않을게. 티나랑 제대로 이야기하고 후회하지 않게 해."

"알았어요. 고마워요, 어머니."

나는 나와 티나를 걱정해서 말해준 어머니에게 감사하고 일어났다.

지금부터 나가겠다고 말하자 어머니는 눈치챈 것처럼 상냥하게 웃으며 배웅해줬다.

집을 나가서 티나를 찾았다.

옆집에 가서 티나 어머니에 물었지만 아직 돌아오지 않았다고 한다.

나는 언제나 함께 가던 훈련 장소와 밭을 돌아봤지만, 그래도 티나는 찾을 수 없었다.

"어디 갔지?"

마을 사람에게 티나를 못 봤냐고 물어도 아는 사람이 없었다.

마지막으로 본 것은 아버지가 왕도에서 돌아와 사람들에게 도구를 나눠줄 때였다.

나는 거기서 예레 씨와 집으로 갔지만, 티나는 그 뒤 어디로 갔을까?

아직 찾지 않은 곳은…… 설마 숲?

숲에 있다면 빨리 찾아야 한다.

마물 습격에서 많은 마물을 죽인 탓에 수는 부쩍 줄었지만, 이미 일주일 정도 지나서 마물이 조금씩 늘어나는 추세였다.

티나의 마법 실력이 있으면 방심하지 않는 한 절대 죽을 일은 없겠지만, 그래도 불안했다.

나는 숲으로 달려가서 마을을 중심으로 숲을 돌아봤다.

어디지……?

숲에 없으면 상관없지만, 마을에 없다면 숲 말고 달리 짐작 가는 장소가 없었다.

잠시 뛰면서 찾아다니는데 숲 안쪽에서 사람 그림자가 보였다.

이 부근은 내가 펠릭스를 묻은 곳이었다. 그럼 아마 예레 씨 일행이겠지.

그래, 가서 티나를 못 봤는지 물어보자. 어쩌면 알지도 모른다.

그렇게 생각하고 그곳으로 달려갔다.

나무 틈새로 예레 씨 일행을 발견해 말을 걸려던 그때…….

"……응?"

나는 눈을 의심하는 광경을 목격했다.

검을 뽑아 든 예레 씨와 왠지 그 주변을 나뒹구는 부하들.

그리고 예레 씨 앞에 쓰러져 있는 티나.

그런 티나에게, 예레 씨가 검을 내리치려는 광경이었다.

◇ ◇ ◇

오늘은 에릭의 아버지, 디안 아저씨가 왕도에서 돌아오는 날이었다.

방금 돌아온 아저씨와 사냥꾼들은 마을 사람들이 원하던 물건을 사다줬다.

나도 디안 아저씨에게 부탁한 식칼을 받았다.

예전 식칼은 단단한 물건을 썰다가 이가 빠져 요리를 못하게 됐다.

하지만 새 식칼이 생겼으니 다시 주방에 설 수 있다.

이제 에릭에게 요리를 해줄 수 있어!

에릭에게 어서 만들어줘야지!

당장 에릭네 집에 가서 저녁을 만들고 싶어서 에릭을 찾아 주변을 돌아봤다.

"응? 없네?"

방금까지 뒤에 있었는데 에릭이 보이지 않았다.

"디안 아저씨, 에릭은요?"

아직 마을 사람들에게 물건을 나누던 디안 아저씨에게 물었다.

"응? 아, 에릭은 내가 데리고 온 사람들과 할 이야기가 있다고 집에 갔어."

"데리고 온 사람?"

"그래. 왕도 기사단이라는구나. 저번 마물 습격에 관해 할 이야기가 있다더라."

기사단?

나는 이해가 되지 않았다. 디안 아저씨도 기사단에게 사정 설명을 요구받아 에릭에 관해 이야기했더니 마을까지 따라왔다고 한다.

"그랬구나……."

지금은 에릭네 집에서 이야기 중이라고 해서 나도 가보기로 했다.

방해하면 안 되니까 창문으로 상황을 보고 들어갈까?

중요한 이야기를 하는 중이면 미안하니까.

절대로 내가 궁금해서 엿듣는 건 아니야. 그래, 이건 어디까지나 방해하지 않기 위해서야.

그렇게 생각하고 아직 마을 사람들이 물건을 받고 기뻐하는 곳을 빠져나와 에릭네 집으로 향했다.

집에 도착한 나는 안으로 들어가지 않고 뒷마당으로 갔다.

그곳에는 거실 쪽 창이 있어서 안쪽을 살필 수 있었다.

발소리가 나지 않게 까치발을 들어 살금살금 다가가자 거실에서 이야기 소리가 들렸다.

가끔 에릭의 목소리가 들렸지만, 다른 하나는 모르는 목소리였다.

아마 아저씨가 말한 기사단 사람이겠지.

창 옆까지 가서 들키지 않게 안쪽을 들여다봤다.

거실 탁상에는 에릭이 앉아 있고 그 맞은편에 한 남자가 앉아 있었다. 그리고 그의 양옆에는 두 남자가 서 있었다.

앉아 있는 남자는 무표정이라서 무서운 인상을 줬다.

그때, 그 사람의 목소리가 들렸다.

"우리 베고니아 왕국 기사단에…… 입단해주셨으면 합니다."

……뭐?

갑자기 들린 말에 나는 동요했다.

입단해, 달라고? 에릭한테 하는 소리야?

에릭도 그 말을 듣고 놀란 분위기로 그 사람, 예레 씨라는 사람에게 물었다.

예레 씨는 우수한 인재가 필요하다고 말했다.

기사단이 뭔지 잘은 모르지만, 왕국을 지키는 조직일 것이다.

그래서 인재를 모으는 것은 이해한다.

에릭을 스카우트하려는 이유도 이해한다. 에릭이 강하고 뛰어나다는 건 내가 가장 잘 아니까.

10년 넘게 함께 지낸 내가 가장 잘 안다.

그러니까 에릭이 인정받은 것은 나도 내 일처럼 기쁘지만…….

그렇게 생각하는 사이 이야기가 끝났는지 예레 씨와 뒤에 있는 두 사람이 자리를 떴다.

에릭도 그들을 배웅하러 밖으로 나갔다.

나도 뒷마당에 숨어 있다가 들키지 않게 현관 쪽으로 돌아갔다.

에릭은 현관에서 예레 씨 일행을 떠나보내고 잠시 생각에 빠져 있었다.

그리고 집 안으로 들어가려고 돌아볼 때, 에릭의 얼굴이 얼핏 보였다.

그 얼굴은…… 뭔가를 결의한 얼굴이었다.

쭉 함께 지낸 나는 알았다.

방금 제의에 에릭이 뭐라고 대답할지.

에릭은…… 기사단에 들어갈 것이다.

이미 나나 디안 아저씨, 셀레나 아줌마가 뭐라고 하든 에릭은 기사단에 들어갈 것이다.

에릭이 기사단에 들어간다…….

기사단에 들어간다면 에릭은 왕도로 떠나겠지.

그러면 앞으로 별로 만날 수…….

"……응?"

거기까지 생각한 난 볼을 타고 흐르는 뭔가를 느꼈다.

볼에 손을 대 보니 그것은 눈물이었다.

나도 모르는 사이 눈물이 흐르고 있었다.

그것을 깨달은 순간, 내 마음은 슬픔으로 차올랐다.

"안 돼, 싫어……! 에릭이랑, 떨어지기 싫어……!"

마음을 입 밖으로 꺼내자 눈물도 함께 쏟아졌다.

에릭……!

줄곧 함께 있었다. 어릴 때부터 줄곧.

의식적으로 옆에 있으려고 한 적도 있었고, 무의식적으로 옆에 있어 준 적도 있었다.

얼마 전 에릭이 죽을 뻔했을 때 눈물은 다 말라 버렸다고 생각했다.

그런데 왜 또 이렇게 눈물이 나는 걸까.

……아마 에릭이 왕도로 떠나리라는 확신이 있기 때문이다.

나는 그 자리에서 잠시 울다가 여기 있으면 에릭에게 들킬지도 모른다는 생각에 뒷마당을 빠져나갔다.

그리고 우는 모습을 누구에게도 보이지 않으려고 숲으로 걸어갔다.

얼마나 걸었을까.

나는 혼자 남기 위해서 숲까지 들어왔다.

어릴 적 에릭과 함께 왔을 때는 무서웠지만, 지금은 몇 번이나 다녀서 그런 감정은 사라졌다.

나는 그때보다 강해졌을까?

아마 그 질문을 에릭에게 한다면 분명히 그렇다고 해주겠지.

그래도 내가 강해진 것은 에릭 덕분이다.

나는 에릭을 위해서 마법을 연습했으니까.

에릭은 어릴 적부터 뭔가 목표가 있는 것처럼 검과 마법 연습에 매달렸다.

나는 놀 사람이 에릭밖에 없기도 해서 놀이 대신 함께 마법 연습을 시작했다.

실제로 마법 연습은 재미있었다. 에릭에게 배우거나 내가 가르치는 것이 즐거워서 싫증 나지 않고 계속할 수 있었다.

그래도 에릭은 몸을 혹사해서 검을 휘두르고 마법도 기절할 때까지 계속했다.

언제였는지 기억나지 않지만, 한 번 물어본 적이 있었다.

“왜 그렇게 열심히 해?”

그러자 에릭은 살짝 난감한 표정을 짓더니 대답하기 난처한 투로 말했다.

“글쎄. 내가 안 하면, 후회하니까?”

“무슨 후회?”

“음, 아직 말할 수 없지만…… 더는 잃기 싫으니까.”

에릭은 그렇게 말하고는 내 머리를 쓰다듬었다.

그때는 에릭에게 누나 행세를 하고 싶어서 나도 똑같이 머리를 쓰다듬었다.

그래도 지금은…… 누나로는, 만족하지 못한다.

저번에 그 남자와 싸울 때 에릭은 내게 의지했다.

오랜만에 「티나」라고도 불렀다.

형식적인 「티나 누나」라는 말보다 이름만 부르는 편이 마음이 담겨 있었다.

나는…… 에릭을 지키는 사람이 되고 싶다.

에릭이 의지해주고, 에릭에게 의지한다.

내가 앞도 아니고 뒤도 아니다.

—나는 에릭의 옆에 서고 싶다.

그래서 앞으로는 진지하게 마법을 배우려고 생각했다.

에릭 옆에 서기 위해서는 더 마법을 잘 써야 한다.

그렇게 생각해서 다음부터 에릭에게 제대로 마법을 배우려고 했는데.

이제는, 이룰 수 없다.

에릭이 왕도로 가 버린다…….

생각하자 또 눈물이 나서 퍼뜩 손으로 닦았다.

그리고 눈물을 훔치던 그때 숲 안쪽에서 무슨 소리가 났다.

마물인가 싶어 얼른 전투 준비에 들어갔지만, 눈물이 앞을 가려 세상이 흐릿하게 보였다.

급하게 눈물을 닦아 주변을 날카롭게 관찰하는데 오른쪽 앞에서 소리가 들렸다.

마물이 으르렁대는 소리와는 달랐다. 아마 사람 목소리인 것 같다.

보통은 이런 곳에 사람이 있을 리 없었다. 누가 뭘 하는지 궁금해서 발소리를 죽이고 소리가 나는 방향으로 다가갔다.

잠깐 걷자 나무 사이로 사람이 보였다.

두 명, 아니, 세 명이 숲에서 땅을 파고 있었다.

모습을 확인하니 조금 전 에릭네 집에서 입단을 권유하던 사람들이었다.

아마 왕도 기사단일 것이다.

잠시 지켜보는 사이 땅속에서 파낸 것은…… 사람?

땅에서 나온 사람을 자세히 보니 일주일 전 에릭이 죽인 사람이었다.

어느샌가 누가, 아마 에릭이겠지만, 시체를 땅에 묻었나 보다.

그런데 왜 저 사람을 파냈지?

이상하게 생각해 이야기를 엿듣자 그 펠릭스라는 남자는 왕도 상부에서도 소문이 자자한 굉장한 위험인물이라고 했다.

게다가 에릭이 이곳에서 해치우지 않았으면 베고니아 왕국이 멸망했을 거라고, 아까 에릭과 대화하던 예레 씨가 말했다.

설마 그 정도의 위험인물인 줄은 몰랐다.

그런 사람과 에릭은 홀로 맞섰던 거다.

내가 없었으면 아마 에릭은 죽었겠지.

그렇게 생각하면 조금 무서운 반면, 내가 도움이 됐다는 생각에 기쁘기도 했다.

그러나 예레 씨의 말에서 가장 내 관심을 끈 것은 그 부분이 아니었다.

『나나 폐하, 마법 기사단 단장 같은 상부 사람은 누구나 압니다. ……이자는 하루지온 왕국의 차기 국왕이에요.』

이 말을 들었을 때, 내게 아직 기회가 있다고 생각했다.

에릭과 함께 있을, 쭉 곁에 설 기회가.

잠시 후, 결의를 다지고 발소리를 내면서 그 사람들 앞으로 나갔다.

내 발소리가 들린 순간 예레 씨를 제외한 두 명이 허리에 찬 검을 잡으며 나를 봤다.

그 두 사람이 적의를 내비쳐도 나는 겁나지 않았다.

에릭과 함께 지낸 나는 직감으로 알았으니까. 저 둘은 나보다 강하지 않다.

반대로 아무런 적의를 보이지 않는 사람, 내가 소리를 내고 나와도 아무런 동요도 보이지 않는 예레 씨가 더 위협적이었다.

동요하지 않는 것은 숨어 있던 나를 이미 알아차리고 있었다는 증거였다.

표정은 변하지 않았지만, 내게 무슨 볼일이 있냐고 눈빛으로 묻는 것 같았다.

나는 모르는 사람과 자주 접하지 않아서 어릴 때부터 낯가림이 심했다.

평소의 나라면 이런 무서운 사람이 노려보는 순간 아무 말도 하지 못하겠지만…… 에릭과 함께 있기 위해서라면, 뭐든지 할 수 있다.

"……제가, 마법 기사단에 들어가려면 어떻게 해야 하죠?"

◇ ◇ ◇

"제가, 마법 기사단에 들어가려면 어떻게 해야 하죠?"

우리 앞에 나타난 소녀가 처음 꺼낸 말이 그것이었다.

"여자애?"

부하 한 명이 그 소녀를 보고 중얼거렸다.

그 말대로 귀엽게 생긴 여자애였다.

하지만 기척을 감추는 방법은 단순한 소녀로 보기 어려웠다.

그녀는 우리가 펠릭스의 시체를 파낼 때 이미 우리를 확인할 수 있는 거리까지 와 있었다.

싸움터가 아니라서 긴장을 놓았던 탓에 그 소녀가 언제부터 이곳에 있었는지는 나도 정확히 알지 못했다.

민간인이 이런 식으로 기척을 감추다니…… 이 마을의 소녀, 소녀는 정말로 나를 놀라게 한다.

그나저나 마법 기사단이라고 했나…….

"반갑습니다. 저는 예레미아스 아스타라입니다. 당신은 누구십니까?"

우선 이야기를 하려면 이름을 알아야겠지.

그녀는 내 대응이 예상 밖이었는지 당황하면서 자기소개를 했다.

"저는, 티나예요."

"티나 양이시군요. 좋은 이름입니다."

내가 친근하게 말해도 그녀는 전혀 긴장을 풀지 않았다.

전에 동료도 내 칭찬에는 마음이 안 담겨 있다고 한 소리 했었다.

나는 진심으로 하는 말인데 대체 왜일까?

표정이 안 변해서 그렇다고는 했지만, 나는 잘 모르겠다.

에릭 님의 어머니는 기뻐하셨는데, 그건 내가 잘해서가 아니라 그분이 잘 받아줬던 것뿐일까?

아차, 생각이 옆으로 샜다.

"티나 양, 당신은 마법 기사단에 들어가고 싶으신가요?"

"네!"

내가 다시 묻자 티나 양은 즉시 힘차게 대답했다.

패기 넘치는 좋은 대답이었다.

그 정도 의욕이 있다면 당장에라도 수습 기사가 될 수 있겠지.

하지만…….

"당신은 왜 기사단에 들어가고 싶죠?"

그녀는 각오가 담긴 눈으로 똑바로 나를 보며, 다시 힘차게 주저 없이 대답했다.

"에릭 옆에 서고 싶어요!"

나는 그녀의 각오에 놀랐다.

에릭 님을 단순히 좋아하는 것은 아닌 듯했다.

지금의 말과 태도만으로도 에릭 님을 지키고 싶다는 그녀의 각오를 알 수 있었다.

이런 소녀가 펠릭스를 해치울 만큼 강한 에릭 님을 지키고 싶다고 말하는 것이 나는 솔직히 대단하다고 생각했다.

"티나 양, 나이가 어떻게 되십니까?"

"올해로 열여덟이요."

흠, 티나 양 나이라면 바로 마법 기사단에 수습으로 들어갈 수 있다.

하지만…….

"티나 양, 당신 나이라면 마법 기사단 수습 단원이 될 수 있습니다. 그곳에서 2년간 훈련하면 마법 기사단에 소속할 자격을 얻죠."

"……에릭도, 수습 단원인가요?"

"아뇨. 에릭 님은 단장인 제가 특례로 추천할 생각입니다. 훈련 기간 없이 바로 기사단에 들어오도록."

지금 이 자리에 에릭 님은 없고 아직 답변도 듣지 못했지만, 우리는 이미 입단을 전제로 이야기하고 있었다.

그가 어떻게 대답할지, 나와 티나 양은 같은 생각을 가진 것 같았다.

"그럼 안 돼요. 너무 늦어요. 저는 에릭 옆에 서고 싶어요. 바로 마법 기사단에 들어가고 싶어요."

그녀는 내 말을 듣고 곧바로 반발했다.

흠, 어떻게 해서든 에릭 님 옆에 서고 싶다, 이 말이지.

"이봐, 너. 여자라고 기어오르지 마라."

티나 양의 말투에 비위가 상했는지 부하 한 명이 대화에 끼어들었다.

"그래. 마법 기사단은 마법을 못 쓰면 수습도 못 돼. 그렇게 아무나 받아주는 곳이 아냐."

다른 한 명도 말을 보탰다.

이 사람들도 아직 멀었다.

당신들이 알아차리지 못할 정도로 교묘하게 기척을 숨기는 그녀가 왜 기사단을 고르지 않겠는가?

그녀의 은신 기술은 당신들보다 뛰어나고 아마 기사단 내에서도 그녀를 이길 사람은 몇 없을 것이다.

그런데도 마법 기사단을 선택한다는 것은…… 마법에 더 자신이 있다는 뜻이다.

하지만 시험해 보는 것도 나쁘지 않겠지.

"시험해 봅시다."

내가 맥락 없이 꺼낸 소리에 세 사람은 얼떨떨한 눈치였지만, 나는 개의치 않고 말했다.

"이 사람들에게 이기면 마법 기사단 단장에게 제가 직접 추천하겠습니다. 반드시 통과된다는 보장은 없어도 조금은 도움이 되겠죠."

"정말요?!"

내 말에 티나 양이 빠르게 반응을 보였다.

"단장님?!"

"무슨 생각이십니까?!"

부하들도 즉각 반응하지만, 반응의 성격은 정반대였다.

“이들을 쓰러뜨릴 수준이라면 마법 기사단에 들어갈 수 있을 겁니다. 티나 양, 하시겠습니까?”

“할게요!”

티나 양은 눈망울을 반짝거리며 답했다.

역시 볼수록 귀여운 소녀였다. 과연 그 실력은 어떨까?

“당신들도 준비하세요. 단장으로서 명령합니다.”

“……알겠습니다.”

한 명이 순순히 대답하자 다른 한 명도 마지못해 지시에 따랐다.

그들은 내가 무슨 생각으로 이러는지 전혀 모를 것이다.

티나 양과 부하들이 거리를 두고 자세를 잡았다. 내가 그 중간에 섰다.

그런데 부하 중 한 명만 있는 것을 보고 티나 양이 고개를 갸웃거렸다.

“저기, 두 분이 같이 싸우는 거 아닌가요?”

그 말에 부하들은 잠깐 놀라더니 얕잡아본다고 생각했는지 곧 얼굴이 일그러졌다.

“당신들, 두 명 같이 싸우세요.”

“다, 단장님?!”

나도 티나 양과 같은 말을 했다.

두 사람은 경악해서 나를 보았지만, 빨리하라고 노려보자 다른 한 명도 전투태세에 들어갔다.

자, 어떻게 될까.

“너무 큰 부상은 입히지 마십시오.”

내가 말하자 부하들이 또렷하게 고개를 끄덕였다.

아무리 그래도 시골 소녀인데 그 정도는 안다는 의미겠지.

하지만 내가 말한 상대는 그들이 아니었다.

“그럼 이 동전이 떨어지는 순간 시작입니다.”

나는 주머니에 있던 동전을 꺼내서 손가락으로 튕겼다.

동전은 공중을 아름답게 날았다가 땅으로 떨어졌다.

—그 순간, 내 시야가 하얗게 물들었다.

◇ ◇ ◇

동전이 떨어진 순간, 나는 모았던 마력을 해방했다.

이 시합은 내게 유리했다.

왜냐면 시작 전부터 마력을 모을 시간이 주어졌으니까.

나는 모았던 마력을 해방하고 마법명을 외쳤다.

“『선라이트(태양광)』!”

나는 손바닥을 내밀고 그 이름을 읊과 동시에 눈을 감았다.

이 마법은 단순히 빛을 내는 마법이지만, 기습적으로 사용하면 막을 방도가 없었다.

“이건…… 크악?!”

“눈, 눈이!”

내 상대인 두 사람은 기습적으로 터진 빛에 눈이 멀어 시야가 완전히 차단됐다.

진심을 다하면 아마 실명할 정도로 강력한 마법이겠지만, 이번에는 수십 초 눈이 보이지 않는 정도로 조절했다.

조금 치사한 방법이지만 이기기 위해서라면, 에릭과 함께 있기 위해서라면 수단을 고를 때가 아니었다.

눈이 먼 두 사람 앞에서 나는 다음 마법을 외었다.

광구속(光拘束)
"『라이트 로크』!"

또 손바닥을 내밀고 외치자 이번에는 빛의 고리가 몇 개 출현해 두 사람에게 날아갔다.

빛의 고리는 두 사람에게 닿자마자 팔이 몸에 밀착하도록 죄어들고, 두 발목도 똑같이 속박했다.

"으악?!"

"억?!"

두 사람은 눈이 보이지 않는 상황에서 갑자기 손발이 묶이자 바로 균형을 잃고 넘어져 버렸다.

내가 쓴 마법은 빛 마법. 둘 다 하급 마법이지만, 활용만 잘하면 이런 식으로 상대방을 제압할 수 있다.

이 싸움 방식은 마물 습격 후 어떻게 하면 강해질 수 있을지 고민하고 일주일 동안 연습한 결과물이었다.

강해지면 에릭이 의지할 거라고 생각해 열심히 연습했다.

그것이 이렇게 잘 되는 것은 무척 기쁘다……!

"해냈어!"

내가 중얼거림과 동시에 지금까지 말없이 지켜보던 예레 씨가 입을 열었다.

"종료. 훌륭하군요. 티나 양의 승리입니다."

가볍게 손뼉을 치며 말했지만…… 그 직후, 내게 적의가 쏟아졌다.

"아……!"

갑작스러운 사태에 반응이 살짝 늦었지만, 예레 씨가 내게 공격해 오려는 모습이 눈에 들어왔다.

어서 마법을……!

그렇게 생각해 마력을 모으려는데…….

"느립니다."

나는 가벼운 다리 후리기에 걸려 땅에 넘어졌다.

보이는 광경이 갑자기 변하고 등에 충격이 전해진 뒤에야 비로소 넘어졌다는 사실을 인식했다.

그리고 예레 씨가 내 다리를 가벼운 발차기로 걸었다는 것을 뒤늦게 이해했다.

너무 갑작스러워서 낙법도 쓰지 못했지만 전혀 아프지 않았다. 아마 봐준 것이리라.

"예고도 없이 실례했습니다. 하지만 조금 전 싸움은 당신에게 유리했어요. 본래 마법사는 그렇게 준비된 상태로 싸우지 못합니다."

"……네, 알아요."

그래. 에릭과 함께 싸웠을 때도 펠릭스란 사람을 에릭이 붙잡아

두지 않았으면 나는 아무것도 하지 못했을 것이다.

"마법 기사단 단장이 단원에게 자주 하는 말이 있습니다. 언제나 전쟁터에 있다고 생각해라. 그러면 언제든 마법을 쓸 수 있다. 기사단에도 통하는 부분이 있어서 잘 기억하고 있습니다."

언제나 전쟁터에 있다고 생각해라……. 확실히 그렇게 생각하지 않으면 허를 찔려 당해 버릴지도 몰랐다.

"일단 일어나시겠습니까?"

"앗, 감사, 합니다."

쓰러진 나에게 내민 손을 잡고 일어나서 등에 묻은 낙엽이나 흙을 털었다.

"시험은 합격이지만, 제게 바로 쓰러져서 불만이 쌓이셨겠죠."

"아, 아뇨, 딱히 불만은……."

"그러니까 한 번 더 저랑 시합해 보겠습니까? 이번에는 티나 양이 유리하도록 준비해도 상관없습니다."

담담하게 무표정으로 말하는 예레 씨가 조금 무서웠지만, 그건 준비된 나라도 그를 이길 수 없다는 뉘앙스였다.

"……한 번 더 부탁드릴게요."

"알겠습니다. 그럼 시작할까요?"

예레 씨는 그렇게 말하고는 내게서 거리를 두고 검을 뽑았다.

……눈이 아파 몸부림치는 부하들은 못 본 척하는 걸까?

"그럼 방금처럼 동전을 던지겠습니다. 땅에 떨어지면 시작하죠."

"네."

예레 씨가 동전을 던지기 전부터 나는 마력을 모았다.

동전은 튕겨 올라가 땅으로 낙하한다.

그와 동시에 나는 마력을 해방했다.

바로 마법을 외려고 했지만…….

"네, 끝났습니다."

"……어?"

위에서 예레 씨 목소리가 들리고 또 경치가 변해 있는 것을 깨달았다.

또 마법을 외지 못하고 쓰러졌다.

이번에는 예레 씨가 나를 어떻게 쓰러뜨렸는지도 모르겠다.

어느샌가 넘어져 있었고, 언제라도 나를 죽일 수 있다는 양 예레 씨는 칼을 들고 있었다.

방금까지 몇 미터는 떨어져 있었는데…….

"당신의 마법 위력은 마법 기사단 수준이라고 봅니다. 하지만 마법을 방출하는 속도나 기술이 부족하군요. 주문 파기라는 기술을 배우면 좋을지도 모르겠네요. 전문가가 아닌 제가 할 수 있는 조언은 여기까지입니다. 나머지는 마법 기사단에서 배우세요."

……대단하다.

패배해서 분한 마음보다 존경심이 앞섰다.

내가 아는 범위에서 가장 강한 사람은 에릭이었다.

예레 씨가 에릭보다 강한지는 아직 모르겠지만, 이 마을을 조금만 벗어나도 이렇게 강한 사람이 있다……!

나도 왕도에 가서 마법 기사단에 들어가면 더 강해질 수 있어!
에릭과 나란히 설 만큼 강해지는 거야!
마음속으로 그런 생각을 하는데, 어떤 목소리가 들렸다.
"티나한테서…… 떨어져어어어!!"
그 직후, 내 눈앞에 있던 예레 씨가…… 사라졌다.

◇ ◇ ◇

"티나한테서…… 떨어져어어어!!"
예레 씨가 티나에게 검을 내리치려는 광경을 본 나는 있는 힘껏 뛰쳐나갔다.
예레 씨를 떨어뜨려 놓으려고 검을 뽑아 달려온 기세를 모두 실어 검을 휘둘렀다.
예레 씨는 아슬아슬하게 검을 들어 방어했지만, 내 힘에 밀려 튕겨 날아갔다.
"크…… 역시 강하네요."
예레 씨는 몇 미터 날아간 곳에 착지했다.
더 날려서 나무에 부딪히게 할 작정이었는데 교묘하게 충격을 줄이고 말았다.
베고니아 왕국 기사단장이라는 직함이 괜히 붙은 것은 아닌 모양이었다.
"티나, 괜찮아?!"

쓰러져서 멍해 있던 티나에게 무사한지 물었다.

"으, 응, 난 괜찮은데……."

티나는 상체를 일으켜 다친 곳이 없다고 알려줬다.

"그래, 다행이야!"

괜찮다는 말만 듣고 나는 예레 씨와 바로 싸우려고 했지만…….

"잠깐만! 에릭, 그런 거 아니야!"

티나가 필사적으로 말렸다.

"시합했어! 예레 씨랑!"

"뭐? 시합……?"

생각지 못한 말에 당황하는 사이 예레 씨가 검을 거두고 천천히 걸어왔다.

"그분, 티나 양이 부탁했습니다. 『저를 마법 기사단에 넣어주세요』라고."

그 말을 듣고 내 혼란은 가중됐다.

티나가 마법 기사단에? 왜?

내가 무슨 생각을 하는지 아는 것처럼 티나가 설명해줬다.

"……에릭, 기사단에 들어갈 거지?"

"어?!"

어떻게 티나가 그걸?!

"나, 예레 씨랑 에릭이 집에서 하는 이야기 들었어."

"……! 그랬어……?"

그 이야기를 들었구나.

뒷마당에 있었나? 전혀 눈치채지 못했다.

"에릭이 밖으로 나갔을 때, 이미 기사단에 들어가기로 마음먹은 것처럼 보였어. 그래서 나, 슬퍼서 혼자 숲에 왔어."

설마 얼굴만 보고도 내가 기사단에 들어가기로 결심했다는 것을 알아차렸나?

거의 평생을 함께 지낸 탓인지 티나는 내 생각을 귀신같이 알아챘다.

"숲에 왔는데 에릭과 이야기하던 예레 씨가 보였어. 숨어서 뭘 하나 보는데 마법 기사단이란 소리가 들린 거야. 그래서 에릭이랑 헤어지지 않으려면 거기 들어가야겠다고 생각해서……!"

티나는 나를 보고 눈물을 글썽이며 고백했다.

"나, 에릭이랑 헤어지기 싫어! 에릭이랑 계속 같이 있고 싶어! 옆에서, 더 의지해주면 좋겠어……!"

티나는 부르짖다시피 나에게 감정을 쏟아냈다.

"티나……."

"에릭, 나도, 같이 왕도에 가면 안 돼?"

그렇게 물었지만, 나는 아무 말도 하지 못했다.

지금 내가 무책임하게 답해도 될 일일까? 티나에게도 부모님이 있다.

우리 부모님은 내가 왕도로 가는 것을 허락해줬지만, 티나네 부모님이 허락해주지 않으면 티나는 오지 못할 것이다.

그러니까 내가 여기서 대답해 봤자……!

그렇게 생각해서 입을 떼지 못하는데 마음을 꿰뚫어본 것처럼 티나가 한 번 더 물었다.

"에릭이 어떻게 생각하는지 듣고 싶어! 내가 같이 가면, 귀찮아?"

"그럴 리가 없잖아!"

티나의 물음에 반사적으로 대답해 버렸다.

나도 티나와 헤어지고 싶지 않았다.

줄곧 함께 마을에서 지냈다.

피는 이어지지 않았어도 친누나처럼 생각했다.

그건 전생에서나 현생에서나 변함이 없었다.

전생에서는 내가 무력해서 영영 이별하고 말았지만, 현생에서는 구할 수 있었다.

그런데 이번에도 곧 헤어진다고 생각하면 나 또한 괴로웠다.

"나도, 티나랑 헤어지기 싫어. 같이 있고 싶어!"

"기뻐……! 고마워, 에릭!"

티나는 눈물을 뚝뚝 흘리며 웃는 얼굴로 나에게 안겼다.

나도 포옹을 받아주며 티나의 체온을 확인하려고 강하게 끌어안았다.

이 온기는…… 전생에서 한 번 잃었던 것이다.

그러니까 이제는 잃지 않겠다.

티나와는 앞으로도 함께 있고 싶으니까.

"다행이네요, 의견이 맞아서."

나와 티나가 끌어안는 옆에서 무감정한 목소리가 들렸다.

그쪽으로 고개를 돌리자 예레 씨가 무표정하게 우리를 보고 있었다.

"……예레 씨, 분위기 파악 못 한다는 소리 자주 안 들으세요?"

"부단장이 곧잘 그러는데, 어떻게 아셨죠?"

알 만하니까 알지……. 우리가 이렇게 끌어안고 감동을 나누는데 무덤덤하게 끼어들기나 하고.

"저도 커플이 맺어지는 광경을 목격할 수 있어서 기쁩니다."

"커, 커플이라뇨, 예레 씨도……."

"아니, 저랑 티나는 사귀는 사이가 아니에요."

옆에서 티나가 얼굴을 붉히고 몸을 배배 꼬았지만, 난 그것을 무시하고 예레 씨의 오해를 바로잡았다.

"티나는 어릴 때부터 함께 지낸 가족 같은 사람이에요. 애인이 아니고요."

"그런가요? 제가 착각했군요. 죄송합니다."

"아뇨, 괜찮습니다."

예레 씨는 고개를 숙였지만, 그 정도로 사과할 일은 아니었다.

그렇게 생각하고 옆을 보는데 티나가 볼을 부풀리고 있었다.

"응? 티나, 왜 그래? 왜 그렇게 화가 났어?"

"흥……!"

"오해받은 게 그렇게 싫었어?"

"그게 아냐! 바보!"

"뭐, 바보?"

티나는 그러고는 고개를 팽 돌리고 말았다.

왜 나한테 화를 내지?

"에릭 님, 둔하다는 소리 자주 안 듣습니까?"

예레 씨가 생뚱맞게 물었다.

전생에서 친구 크리스토와 애인인 이레네에게 들은 기억이 없지는 않았다.

"몇 번 듣기는 했는데, 어떻게 아셨죠?"

억울하다. 현생에서는 한 번도 들은 적 없는데.

"아뇨, 그냥 그럴 것 같아서요."

예레 씨는 왠지 나와 눈길을 맞추지 않으면서 말했다.

"단장님, 이제 그만 구속을 풀어주시면 안 될까요?"

"아차, 깜빡했네요. 죄송합니다."

"이상한 자세로 묶여 있었더니 허리가……!"

아, 그러고 보니 땅바닥에 뒹굴던 부하들을 잊고 있었다.

예레 씨가 부하들의 구속을 검격 한 번으로 풀었다.

보통 사람은 그리 쉽게 풀 수 있는 마법이 아니었다. 특히 티나의 마법이라면 더더욱.

"에릭 님, 방금 펠릭스 글라디오의 시체를 확인했습니다. 의심한 것은 아니지만, 펠릭스 본인이 틀림없습니다."

"아, 그런가요?"

맞다. 이 사람들은 내가 죽인 펠릭스를 확인하러 숲에 왔었지.

"다시 한 번 감사드립니다. 펠릭스를 여기서 처치하지 않았으면 베고니아 왕국은 멸망할 위기에 처했을지도 모릅니다."

그러고는 예레 씨가 고개를 숙였다. 뒤에 있는 부하들도 함께 갑옷을 절그럭거리며 고개를 숙였다.

"저는 이 마을을 지켰을 뿐이에요. 여러분이 고마워할 필요는 없어요."

실제로 내가 여기서 지고 마을이 파괴됐다면 베고니아 왕국도 패망했을 것이다.

그건 내가 전생에서 경험했다.

"그래도 에릭 님이 구해주신 건 엄연한 사실입니다. 감사합니다."

내가 됐다고 해도, 예레 씨는 고개를 들지 않았다.

받아주지 않으면 계속 이러고 있을 것 같았다.

"그런가요? 알겠습니다. 그럼 그런 셈으로 치죠."

"네. 다음에 반드시 보상이 있을 겁니다."

정말로 원칙적인 사람이다.

이렇게 원칙적인 사람은 처음 봤다.

이레네도 왕족이라서 그런 구석이 있었지만, 이 정도는 아니었다.

크리스토는 매사에 건성이었지만.

앗, 그렇지!

"보상은 괜찮으니까, 혹시 부탁 하나만 들어주실 수는 없을까요?"

"뭐죠?"

그렇게 감사하고 싶다면 내가 바라는 것을 직접 말하자.

"베고니아 왕국에 찾고 싶은 사람이 있어요. ……아마도."

"아마도, 라고요?"

"정말로 베고니아 왕국에 사는지 몰라서요. 십중팔구 거기일 것이라고 생각하지만."

전생에서 크리스토의 출신지를 들어둘 걸 그랬다.

우리 마을이 사라지고 바로 멸망한 나라는 베고니아 왕국밖에 없을 테니까 거의 확실하겠지만…….

"왕도에 가면 찾는 걸 도와주셨으면 해요. 괜찮을까요?"

"물론입니다. 최선을 다해 도와드리겠습니다."

예레 씨는 흔쾌히 승낙해줬다.

이러면 조금은 찾기 편하겠지.

베고니아 왕국은 굉장히 넓어서 혼자서는 사막에서 바늘 찾기다.

"에릭, 찾는 사람이 누구야?"

옆에서 이야기를 듣던 티나가 물었다.

마을에서 줄곧 함께 살았어도 내가 찾는 인물은 짚이지 않을 것이다.

크리스토는 현생에서 한 번도 만나지 않았으니까 당연했다.

"그건…… 어릴 때 딱 한 번 만났던 애야. 아마 티나가 모르는 건 못 만났기 때문이겠지."

"그랬구나."

대충 둘러대서 설명했지만, 우리 부모님에게 확인하면 단박에 들통 날 거짓말이었다.

확인하지 않기를 빌자.

"그 사람…… 여자?"

티나의 목소리가 살짝 낮아진 느낌이었다.

등골이 오싹했다.

왠지 잘못 대답하면…… 뭔가 심상치 않은 문제가 발생할 것 같았다.

"아, 아니, 남자야."

나는 떨리는 입술로 답했다.

"아, 그랬구나."

정체 모를 오한이 사라지고 티나가 웃는 것을 확인한 뒤, 나도 참았던 숨을 내쉬었다.

왜 그렇게 무서웠지?

그렇게 생각하는 사이 옆에 있던 예레 씨가 말을 걸었다.

"에릭 님, 아직 확답을 듣지 못했습니다만. ……우리 베고니아 왕국 기사단에 입단하시겠습니까?"

예레 씨는 내 눈을 똑바로 바라보며 말했다.

대답은 이미 정해졌다.

"네. 들어가고 싶습니다. 잘 부탁드립니다."

나는 대답하며 머리를 숙였다.

"저야말로 잘 부탁드립니다."

이리하여 내 기사단 입단이 결정됐다.

"저, 나도 마법 기사단에 들어가고 싶은데……."

티나가 옆에서 쭈뼛거리며 끼어들었다.

"방금 티나 양 마법을 봤는데, 마법 기사단에 들어갈 실력은 된다고 봅니다. 제가 직접 마법 기사단 단장에게 말해 보겠습니다."

"가, 감사합니다!"

맞아, 내가 올 때까지 시험을 봤다고 했지?

그래서 티나가 부하들을 이기고 예레 씨와 시합하다가…….

"앗. 죄송합니다, 예레 씨. 아까는 무작정 공격해서……."

나는 예레 씨가 티나에게 검을 내리치려는 모습을 보고 다짜고짜 예레 씨를 날려 버렸다.

"아뇨, 신경 쓰지 마십시오. 사정을 모르면 그렇게 봐도 이상하지 않은 상황이었으니까요."

무표정으로 말하니까 분노를 감추고 말하는 것 같지만, 이 사람은 원래 이런 표정밖에 못 짓는다는 것을 대충 알게 됐다.

"에릭 님, 아니, 기사단에 입단하기로 했다면 에릭이라고 부르겠습니다."

"아, 네."

이 사람은 앞으로 부하가 될 나에게도 존댓말을 쓰나?

"가능하면 한 번 더 가족과 상담해 보십시오. 그리고 티나 양도요. 티나 양은 아직 설명도 안 하셨죠?"

"네."

"그럼 서두르십시오. 저희도 다른 임무가 있어서 여기 오래 머물 수 없습니다. 내일 출발할 예정이에요."

"네!"

티나는 힘차게 대답하고 나를 돌아봤다.

"에릭! 나도 부모님을 설득하고 꼭 따라갈게!"

그렇게 웃으며 말하고는 집으로 달려갔다.

그래, 티나도 따라오는구나.

집을 나와 티나를 찾을 때만 해도 헤어진다는 생각에 마음이 침울했었다.

하지만 지금은 가족처럼 소중한 티나와 함께 있을 수 있게 되어 무척 기쁘고 마음이 가벼웠다.

나는 예레 씨 일행에게 고개를 꾸벅 숙이고 귀로에 올랐다.

내일은 출발한다고 했으니까 떠날 채비를 해야 했다.

떠나기 전에 챙겨야 할 물건이나 달리 준비할 것이 없는지도 물어 뒀다.

집을 나올 때와는 달리 발걸음은 가벼웠다.

그리고 나는 집으로 돌아와 어머니에게 티나가 나를 따라오려고 한다고 전했다.

"어머, 그래? 티나도 행동력이 있네."

"그러게요. 저도 깜짝 놀랐어요."

설마 나와 헤어지기 싫어서 가족과 헤어지겠다니……. 아니, 나도 가족이나 마찬가지니까 조금 다른가?

"후후후, 티나도 여자야."

"응? 무슨 뜻이에요?"

내가 그렇게 말하자 어머니는 들으라는 듯이 한숨 쉬었다.

"티나도 고생이 많겠어."

어머니는 이마를 손으로 짚고 말했다.

무슨 고생? 이해를 못 하겠다.

"나 왔어!"

그러는 사이 아버지가 현관에서 소리치며 돌아왔다.

차를 마시는 것을 깜빡하고 나간 아버지는 내가 나간 뒤에 곧 돌아왔다고 한다.

내가 나가는 것을 뒷마당에서 보고 집으로 들어왔다나?

아마 분위기를 한껏 잡고 나가서 바로 들어오기 창피했나 보다.

"응? 아버지가 누굴 데리고 왔나?"

발소리가 하나가 아니었다. 여러 사람의 발소리가 뚜렷하게 들렸다.

"티나네 가족을 데리고 왔어!"

"실례합니다~!"

아버지 뒤에 있던 티나가 명랑하게 인사하며 거실로 들어왔다.

뒤에서는 티나의 부모님이 미안한 기색으로 들어오셨다.

"죄송해요. 갑자기 들이닥쳐서……."

"티나 일로 드릴 말씀이 있어서요……."

그렇게 운을 뗀 티나네 부모님은 진지한 분위기로 용건을 밝혔다.

"티나가 마법 기사단에 들어가겠다고 해요. 딸애가 원하면 저는 상관없지만……."

티나네 어머니는 그렇게 말해도 아버지 쪽은 뭔가 할 말이 있어 보였다.

아마 아직 허락할 수 없는 모양이었다.

역시 부부는 여자가 힘이 세구나. 우리 집도 그렇고. 안 그래, 아버지?

"응? 에릭, 뭐라고 했어?"

"아니, 안 했는데."

측은한 눈빛을 들키고 말았다.

"에릭도 간다고 하는데 그쪽에 가면 어디서 생활하죠? 둘이 가서 살 곳이 없을 텐데……."

티나 어머니는 뺨에 손을 대고 걱정스럽게 말했다.

"아주머니, 그건 걱정하지 마세요."

어머니 대신 내가 대답했다.

그러고 보니 전생의 나는 티나네 어머니를 아줌마라고 불렀던 것으로 기억한다. 하지만 성인이 됐던 탓에 지금은 아줌마라는 호칭이 어색했다.

티나는 지금도 우리 어머니를 아줌마라고 부르지만, 뭐, 그건 그냥 넘어가자.

"타지에서 입단하는 사람이 쓰는 기숙사가 있대요. 저랑 티나는 거기서 살 테니까 옷만 가지고 가면 의식주는 해결될 거예요."

"어머, 그래? 그렇다면 마음이 놓이네. 에릭, 고마워."

티나 어머니가 감사해했지만, 아버지 쪽은 여전히 표정이 탐탁지 않았다.

의식주가 확보되지 않으면 티나를 말릴 생각이었겠지.

죄송합니다, 티나 아버지. 저도 티나와 같이 있고 싶어서 양보할 수 없습니다.

"이제 안심이 되네. 우리는 티나가 에릭을 따라가는 건 찬성이야. 왕도에 가서도 티나랑 잘 지내야 해?"

"저야말로 더 같이 있고 싶은걸요."

그렇게 대답하자 왠지 티나가 얼굴을 붉혔다.

그리고 옆에 있는 아저씨는 눈물을 흘렸다.

"저, 아저씨. 왜 그러세요?"

"우우…… 아, 아니야. 에릭이라면, 안심하고 티나를 맡길 수 있지. 티나를 잘 부탁한다!"

티나 아버지가 내 손을 꽉 잡았다. 악력이 우리 아버지 수준이라서 아프다…….

"그래서 티나랑 에릭이 내일 왕도로 떠나니까 다 같이 저녁이라도 먹고 싶어서 왔습니다."

"아, 그러셨군요~. 그럼 오늘은 호화롭게 차려야겠네요."

"네, 좋죠!"

"아, 엄마! 셀레나 아줌마! 나도 도울래요!"

그리하여 우리 가족과 티나네 가족은 오랜만에 함께 저녁을 먹었다.

최근 식칼이 없어서 요리를 못 하던 티나는 오랜만에 식칼을 써서 기뻐 보였다.

내가 맛있다고 말하자 웃음은 더 짙어졌다.

"에헤헤, 왕도에서도 매일 만들어줄게!"

"아니, 매일은 힘들지. 훈련도 해야 하고 식사가 지급될 테니까."

예레 씨에게는 그렇게 들었다.

"으…… 그럼 아침이라도 만들래."

"그건 상관없지만, 굳이 무리할 필요 없어."

"내가 만들고 싶은 거니까 괜찮아!"

"그래?"

"그래!"

그러면서 활짝 웃었다.

티나가 이렇게 요리를 좋아하는 줄 몰랐다.

평소에도 자주 만들어줘서 좋아한다고는 생각했지만, 이 정도였을 줄이야.

"에릭의 저 얼굴…… 티나가 왜 요리를 만들고 싶은지 모르나 봐."

"미안해. 티나가 저렇게 티를 내는데, 자기 아빠를 닮아서 애가 둔해."

"괜찮아. 티나는 나를 닮았으니까, 나처럼 팍팍 밀어붙일 거야."

"디안 씨, 여자들끼리 뭐라고 수군대는 걸까요?"

"음? 그런 걸 왜 신경 써? 오오, 사모님도 음식 솜씨가 좋군!"

"하하하, 저도 그만큼 둔하면 편했을 텐데……."

이렇게 나와 티나가 왕도로 떠나는 전날이 지나갔다.

다음 날 아침, 나는 얼굴에 묘한 감각을 느끼고 깼다.

"으응……."

"아, 에릭, 깼어? 잘 잤어?"

눈을 뜨자 침대에서 내 옆에 누운 티나의 웃는 얼굴이 눈에 들어왔다.

아무래도 내 볼을 쿡쿡 찌른 모양이었다.

"에릭은 볼이 말랑말랑해."

"아, 뭐야……. 더 잘래……."

아직 졸려서 돌아누웠지만, 티나의 말에 잠기운이 싹 날아가 버렸다.

"웬일로 에릭이 늦잠을 자네? 벌써 아홉 시가 지났는데."

"……뭐?"

아홉 시를 지나?

"헉?!"

나는 이불을 뻥 차고 일어나 잠이 덜 깬 눈으로 방에 걸린 시계를 봤다.

티나의 말대로 시침이 『9』를, 분침은 『1』을 가리키고 있었다.

어떻게 된 거야?! 나는 항상 일곱 시면 일어나는데……!

원인을 찾으려던 그때, 나는 어제 일을 떠올렸다.

맞아, 어제!

나는 열여섯 살…… 즉, 술을 마실 수 있는 나이가 되어 아버지가 권하는 술을 어쩔 수 없이 함께 마셨다.

현생에서는 술을 마신 적이 없어서 호기심에 입에 댔는데…….

술을 마시고, 내가 뭘 했더라?

다음 기억이 전혀 없었다.

"티나, 나 어제 술 마셨지?"

"응. 설마 기억 안 나?"

"응. 마셨다는 건 기억나는데 그거 말고는 모르겠어."

티나는 내가 기억을 잃었을 때 있었던 일을 말해줬다.

"에릭은 술이 약한 거 같아. 몇 잔 안 마시고 얼굴이 빨개졌어. 그리고 취하니까 엄청 싱글벙글 웃으면서…… 나한테, 그게, 주정을 부렸어."

티나는 마지막 말을 하면서 수줍게 얼굴을 붉혔다.

아니, 잠깐만. 주정이라니?

왜 그렇게 부끄러워해? 왜 얼굴 돌리고 나를 힐끔거려?

내가 티나한테 무슨 짓을 했지?

어떻게 주정을 부렸는지 묻고 싶지만…… 관두자.

앞으로 웬만하면 술은 자제해야지.

기억이 끊기는 것은 가장 골치 아픈 술버릇이었다.

내가 이렇게 술이 약할 줄은 몰랐다.

"아, 맞아! 출발 준비!"

어제 예레 씨는 열 시에 마을을 떠난다고 했다.

이미 아홉 시를 넘겼다면 서두르지 않으면 늦는다!

“내가 에릭 짐도 챙겨 놨어.”

“뭐? 정말?”

“응.”

방을 둘러보자 옷장 앞에 커다란 가방이 놓여 있었다.

“저 가방이야? 옷이랑 다른 물건도 다 챙겼어?”

“응. 전부 담았어.”

“내 옷이 어디 있는지 알았어? 속옷도 챙겨야 하는데.”

“괜찮아. 에릭이 자주 입는 속옷도 전부 있어.”

어? 내가 자주 입는 속옷? 내가 뭘 입는지 어떻게 알아?

아, 아니야. 티나는 우리 집 집안일도 자주 도우니까. 빨래를 해 봐서 아는 거겠지.

그래도 속옷은 내가 정리하니까 어디 있는지 모를 텐데?

방을 구석구석 뒤지다가 찾았나?

“에릭은 항상 옷장 제일 아래 칸에 속옷을 보관하잖아.”

알고 있었다.

아니, 어떻게?

“그, 그래? 준비해줘서 고마워.”

“뭘 이런 걸 가지고!”

너무 깊이 생각하지 말자. 더 생각하면 안 될 것 같다.

나는 큰 가방을 들고 티나와 함께 방을 나왔다.

방문 앞에서 돌아서서 방을 구석구석 둘러봤다.

평생 내 방이었던 이곳에도 당분간 돌아오지 못한다.

이 광경을 눈에 새기고 나는 거실로 나갔다.
거실에는 아버지가 앉아 있고, 어머니가 요리를 하고 있었다.
"에릭, 잘 잤니?"
"이제 일어났냐, 에릭!"
"안녕히 주무셨어요? 아버지, 어머니."
내가 탁상에 앉자 어머니가 내 앞에 아침밥을 내왔다.
어머니 요리도 얼마 동안 못 먹겠구나.
티나가 해주는 요리도 좋아하지만, 역시 나는 어머니 요리가 가장 좋았다.
"잘 먹겠습니다."
"많이 먹으렴."
한 입 한 입 꼭꼭 씹어 먹었다.
티나는 자기 집에서 이미 먹었다고 하며 옆자리에서 나를 물끄러미 바라봤다.
눈길이 조금 부담스러웠지만, 나는 세상에서 가장 맛있는 요리를 남기지 않고 먹었다.
"잘 먹었습니다. 맛있었어요."
"그래. 도시락을 쌌으니까 점심도 꼭 챙겨 먹어."
그러면서 어머니는 큼직한 도시락을 건네줬다.
"티나 몫도 넣었어."
"어, 정말요? 고마워요, 셀레나 아줌마!"
티나도 우리 어머니 요리를 좋아해서 기뻐하며 감사했다.

역시 우리 어머니는 세계 최고의 어머니다.

그리고 얼마 후, 나와 티나는 짐을 들고 밖으로 나왔다.

어머니와 아버지, 그리고 티나의 부모님까지 함께 나와 예레 씨가 기다리는 곳까지 갔다.

그곳에는 마을 사람들이 모두 나와 모여 있었다.

"아, 저기 온다. 에릭이랑 티나야!"

"기사단에 들어가려고 왕도로 간다며! 거기서도 열심히 해야 한다!"

"이 사람아, 티나는 마법 기사단이라고 하잖아."

"뭐가 됐든 둘 다 장하다! 힘 내!"

주민들이 우리를 보고 저마다 한마디씩 던졌다.

이렇게 모일 줄은 몰라서 나와 티나도 깜짝 놀랐다.

"내가 어제 말해뒀지! 그랬더니 다 너희를 보려고 나와 준 거야!"

"아버지……."

아무래도 어제 차를 마시고 외출한 이유가 있었나 보다.

나와 티나는 사람들이 한 명씩 걸어주는 말을 들으며 그사이를 걸었다.

그들의 격려에 눈물이 날 것 같았지만 꾹 참았다.

이렇게나 마을 사람들에게 사랑받는 줄은 몰랐다.

이러지 마. 전생의 나이까지 합하면 나도 나이를 먹을 만큼 먹었다고.

눈물이 많아져서 정말 큰일이다…….

"다들, 고마워요."

"잘 다녀올게요!"

눈물이 나오지 않게 애써 웃으면서 인사했고, 티나도 웃음으로 화답했다.

그리고 마을 사람들의 성원이 끝나는 곳에서 예레 씨와 부하 두 명이 보였다.

"기다리게 해서 죄송합니다."

"아뇨, 괜찮습니다. 좋은 마을이로군요."

"네, 정말 그래요."

예레 씨도 살며시 미소를 머금으며 그렇게 말했다.

이 사람이 웃는 모습은 처음 보지만, 생각보다 웃음이 따뜻한 사람이었다.

"에릭! 티나!"

뒤에서 부모님이 부르는 소리가 들려 돌아봤다.

"너희에게 중요한 걸 알려주지 않았지. 이 마을의 이름 말이다."

"마을 이름?"

아버지가 생뚱맞은 소리를 꺼냈다. 이 마을에 이름이 있었어?

전생에서도 이름을 듣지 못한 채 마을이 사라져서 이름 같은 건 없는 줄 알았다.

티나도 놀라는 것을 보면, 나처럼 몰랐던 모양이었다.

"마을을 떠나는 아이에게 이름을 알려주는 게 마을의 관습이야."

"그랬어요?"

그래서 전생의 나도 몰랐었구나.

"우리 마을의 이름은…… 『아울린』이다."

"아울린……."

"그래. 그리고 그 이름이 앞으로 너희 성이 될 거야."

"응? 그게 무슨 뜻이에요?"

"마을을 떠나는 아이에게 이름을 전하고, 그 이름을 성씨로 쓰는 게 우리의 전통이지."

그런 전통이 있다는 것은 나나 티나나 금시초문이었다.

그렇다면 내 이름은…….

"에릭 아울린……."

"나는, 티나 아울린……."

나와 티나는 자신의 이름을 소리 내어 말해 보았다.

"에릭 아울린. 그리고 티나 아울린. 이 마을에서 훌륭히 자란 너희라면 왕도에서도 잘해 나갈 거야."

"아울린에 사는 모두가 너희의 활약을 기대하고 있어."

그 말을 듣고 아버지 뒤에 있던 사람들이 또 저마다 격려를 보냈다.

—아아, 정말…… 눈물, 못 참았잖아…….

"응. 다녀올게요, 아버지, 어머니. 그리고 다른 사람들도."

"다녀올게요! 나 힘낼게!"

울먹이는 소리가 나지 않게 조심하며, 나는 사람들에게서 돌아서서 걸어 나갔다.

그렇게 나와 티나는 마을 사람들의 배웅을 받으며 왕도로 길을 떠났다…….

〈계속〉

죽음에서 돌아와, 모든 것을 구하고자 최강에 도달한다 1

초판 1쇄 발행 2021년 4월 10일

지은이_ shiryu
일러스트_ 테시마nari。
옮긴이_ 김장준

발행인_ 신현호
편집부장_ 윤영천
편집진행_ 김기준 · 김승신 · 원현선 · 권세라 · 유재슬
편집디자인_ 양우연
관리 · 영업_ 김민원 · 조인희

펴낸곳_ (주)디앤씨미디어
등록_ 2002년 4월 25일 제20-260호
주소_ 서울시 구로구 디지털로 26길 111 JnK디지털타워 503호
전화_ 02-333-2513(대표)
팩시밀리_ 02-333-2514
이메일_ lnovelpiya@naver.com
L노벨 공식 카페_ http://cafe.naver.com/lnovel11

ISBN 979-11-278-5912-1 04830
ISBN 979-11-278-5911-4 (세트)

값 9,500원